終於願意善待自己的人

城旭遠——著

45則卡關的人生故事和治癒回應，

讓每一段低潮苦悶的訴說，成爲完整自我的開端

療癒推薦

依筆畫排列

Bii 畢書盡／歌手

不管你現在遇到什麼難事，或心情低落、徬徨還是無助甚至討厭自己，請打開這本書，即便世界再黑暗，它會像個親人擁抱著你、給你一些溫暖和力量。

Ozone／大勢男團

和旭遠老師合作的歌詞，可以感受到作者散發出的正能量。

在文字的引領下，帶著大家踏上青春夢想的追逐之旅。

我們非常期待這本新書。

丁噹／情歌天后

愛情的旅途中，我們總是很用力的尋找一個正確答案。是否付出很多後，回頭總是找不到自己。若剛好停在最親的傷痕街口，那就坐下來翻開這本書。請慢慢細讀，深讀！

周傳雄／情歌教父

和旭遠合作的經驗很愉快。他用文字給予音符，清楚的畫面，寫情寫意真摯深刻。同時可以感受到這位作者的溫暖。不論文字有多美，蘊含內心的溫暖，才最難得。

張若凡／歌手

這是座充滿溫暖與理解的精神樂園。書中回應如一雙溫柔的手，撫平讀者心中的孤寂和困惑。它不僅是治療心靈的良方，更是一道為自己尋找勇氣和希望的光明之路，而我也在裡頭找到了意義的指引。

許惟援／索尼音樂華語處總經理

我們都在對自己的苛責中，匍匐前進。

成長經驗或許迥異，但過程中的每一件小事都是不足為外人道的巨大黑洞。

謝謝旭遠真誠的文字，讓千瘡百孔的靈魂明白，我不孤單。

黃婷／作詞人、作家

擁有作家的細膩觀察、作詞人的犀利精準，城旭遠的溫暖樹洞讓徬徨無助的靈魂，有了安放之處，也讓受挫的人們，擁有一本充滿正能量的指引之書。

前言

願意說出口，就是善待自己的第一步

這本書承載不同面向的六輯，分別為「感情、家庭、工作、婚姻、親子、自我」，書中主角來自各地，透過樹洞傾訴著各自的煩惱和為難。

自發行第二本著作後，陸續出現向我傾吐心事的網友。有些期待得到答案，有些盼能得到鼓勵，有些純粹釋放糾結換一陣暢快；這時我意識到自己成為了樹洞，即便他們是我無法觸及的人，卻能以接受心事、化作文字給予支持。

當我細讀那些人生百態，發現故事的主人都有共同點，他們想離開某個心境，想改變現況，想試著善待自己，於是願意整理思緒，向「樹洞」傾訴。

雖然收到許多來信，不過許多人來信（私訊）時，僅吐露某個片段或心聲，這些真實的故事、真實的情緒、真實的感情，全是生命過程，站在第一人立場雖然希望細數，但在不涉及隱私的前提下，為了故事的完整性，我透過文字的詮釋進行創作，試著將這些故事更加立體。

為《終於願意善待自己的人》命名時，和編輯秉薇曾深度議論用字，反覆咀嚼著「終於願意」四字，代表前面經歷許多折磨、不知所措、不願面對事實、自我詰問、把自己捆綁在某情境遲遲未離開；然而透過樹洞訴說親身經歷，在「投信」這動作出現時，就是願意跨出的第一步。

這些主角在寫自己故事時，可能匆忙急迫不夠完整，至少在他心裡面，已重新整理了一次這段往事，縱使我給出的答案不是他要的，甚至在被重新詮釋後出現的樣貌，也不是他的經歷了，可是當他跨出第一步投信時，已是願意善待自己的人，願意面對那曾經的傷口，想好好地重新審視過去，或許往後的人生，就此有了變化也說不定。

其實走進低谷，嘗到生命苦澀的人，他們受到委屈、渾身是傷，不是不想改善現況，他們也想好起來，也想擺脫心理的無力感，只是在受挫心態裡，不知道該怎麼做對自己最好；然而表達真實心聲，已是改變現況、善待自己的第一步，但該怎麼善待自己就是另一回事了。

我的意見，不見得能真的幫助他們，道理大家都懂，卻不一定找得到適合的方法，畢竟人在迷惘時容易忽略「停滯」是為了再次出發，忘記一時的迷失也無妨，沒意識到受打擊後緩一下也可以，就算不在原本想的軌道裡也沒關係。許多事情沒有答案，就是最好的答案。

想透過《終於願意善待自己的人》向正逢酸楚的人說，活這趟生命沒有完美的一天，卻有逐漸完整的可能，我們都是在不完美裡拼湊完整的人，一旦你比過去更加堅定了，願意開啟一段新旅程，你已經為自己跨出最勇敢的那一步。

二〇二四年春天

城旭遠

目錄 *content*

輯一 感情：理由

知道你不想一個人，
但是請記得妥協不等於委屈。

輯二

感情：抉擇

兩個人在一起，
彼此有過得更好嗎？

輯三 婚姻

就算有了承諾，
有時候也不一定能一起走到最後。

輯四 自我

這個世界上，
最重要的就是「自己」。

輯五 工作

認真付出的人，
都該有相應的回報。

輯六 家人

在人生中，
最難解也最深刻的關係。

輯一

about love

知道你不想一個人，

但是請記得妥協

不等於委屈。

感情：理由

意識到自己正在過喜歡的人生，就再也沒有人能輕易傷害你。讀懂自己的人生就足夠，儘管很多人聲稱為你好。

若愛情的存在令你不愉快，一個人是不是更好的選擇？

寫信來樹洞的是欣妤，她有抱負想法，總以熱情面對生活，工作勤奮，對事業充滿上進心，不曾為自己好好休息，沒閒暇培養愛情。隨年歲流逝進入三十多歲階段，發現自己的愛情世界幾乎一無所獲。

她曾有過兩段戀情，都以分手告終。欣妤曾為第一位男友付出全部，而父權主義令她壓力重重，嫌她事業心強、好勝心重，兩人戀情找不到平衡，最終走向分手；第二位男友，同樣不理解她的抱負，認為她不適合定下來。

欣妤的閨蜜看不下去她長期單身，安排了一場聚會，參與者包括她、閨蜜夫妻檔，以及一位男性友人。晚餐過程很愉快，閨蜜順水推舟，建議她和友人飯後一同散散步、聊個天。

他們順手買啤酒，在松菸園區夜間漫遊，聊彼此的事，童年、工作、未來，同時也聊了愛情觀念；言談中，欣妤發現對方的價值觀和她相近，態度有禮，相處起來感到舒適。

散場前，對方直接詢問欣妤，是否有意願和他交往？欣妤對突如其來的問題不知所措，這不是他們的初次見面嗎？這算告白嗎？

「多相處幾次，熟悉之後才有辦法考慮吧？」停了一晌，她淡淡地回答。

對方意味深長地笑了笑，沒多做回應。

回家途中她收到一則預料外訊息，是剛才一起散步的對象發來的，訊息中的字句刺傷了她。

「妳年紀也不小吧？我大你兩歲，社經地位能讓妳早退休十幾年，要不是我媽安排的相親對象不喜歡，不然早結婚了，還需要花時間來這種飯局？」

「說白了妳是不想結婚，不想定下來，就只想要享受有人陪的感覺、不想承擔女人該做的義務。」

「在一起的話，要不要生小孩我不勉強，那之後再說。妳自己好好想想，答案不要讓我等太久。」

欣妤感到難以置信，並深受侮辱。她不認為多熟悉雙方生活是壞事，也不認為自己讓對方有「等」的念頭，他無心培養感情，大可放生她就好；這則訊息對她而言，不只是攻擊，也對女性歧視。為何追求事業的同時，不能享受愛情，顧及兩者有錯嗎？她非常困惑。

不負責任的字句刺眼也刺心，她想要愛情，在這前提下是自己的人生與目標受到尊重。已鮮少談感情，偏偏遇到的人全帶著刻板印象和歧視看她，感嘆這世界似乎對像她這樣的女性不友善，幸福遲遲不降落在她生命。

欣妤自嘆為何總遇見錯的人？她確實拚命工作、投入事業，可是從不排斥結婚，也並非只享受陪伴的感覺。只是她想要的愛情、期待的婚姻，不是為了填補空虛位置而強求的。她是堅強的女生，但在愛情的面前，卻那麼孤獨脆弱。

約會對象不是最適合自己的人，甚至不尊重你的生活、你的選擇，何苦為了他傷心費神，這種人不值得你放進心裡，不是嗎？

不同個體的選擇本不同，沒照普世價值觀過人生不怪，三十幾歲單身怎麼了？三十幾歲了還跟不適合的人送作堆才怪！被人送作堆的副作用，是兩個人勉為其難地經營勉為其難的情感，這應該不是你想要的結果。

你在意的不是普世眼光，要的不是策略婚姻，你有自己的事業，有自己的節奏和喜好，理當該保護自己的立場，本來就沒有錯。

你清楚自己的存在不是為了填補空虛，也不願為了空虛而進入一段關係，那麼問題不是「為何總遇到錯的人？」正確的立場應是「我戀愛是為了什麼？」

現階段的愛情不如意，但你一點也不脆弱，為自己的理想生活認真付出，有自己的主張，有獨立的能力，何來脆弱可言？愛情本不是你的全部，它的存在是為了滋養生活，若愛情的存在令你不愉快，一個人是不是更好的選擇？

有些人把自己想得太重要，對別人予取予求，臉不紅氣不喘，就是自私、蠻橫又不講道理。生活向來不完滿，難免碰到千奇百怪的人，他們不是生命的過客，是打擾你生命脈絡的人，無論怎麼做，他們總是推翻你的想法和用心，不必為他們執著什麼。

你要分得出哪些言論、行為對自己有幫助，哪些只是想用既定的偏見來批判人，分辨出對你有幫助的當然是建言，剩下的左耳進右耳出，別因為他人惡意的口無遮攔，害自己陷在徬徨裡太久。

縱然不看好你的人一再出現，也不用為了噪音而嘆息，在別人的眼裡找自己是無底洞，讀懂自己的人生就足夠；**儘管很多人聲稱為你好，宣稱自己經歷豐富，可那終究是他的人生，懂你的永遠是自己。**

人生是珍貴的，把時間留給值得的事，別讓喪氣掩蓋你的朝氣；當意識到自己正在過喜歡的人生，會深刻瞭解，再也沒人能夠輕易傷害你。

三十幾歲單身怎麼了？

三十幾歲了

還跟不適合的人送作堆才怪！

在逆境的時候學到的最多，被拒絕不會要命，人要有被拒絕的勇氣。

別奢望冷漠的人
為你冬天蓋被，
不是每個人都值得擁有
真誠的感情。

樹洞信箱中躺著一封信，是室內設計師志偉的心聲。志偉透露自己在交友軟體上遇到了一位名叫 Jim 的男生，你一句我一句的互動，一度令他快樂。

僅僅相處一個月，志偉毫不猶豫地問 Jim 是否想進一步交往，並告訴他不用勉強，直接回答就好。Jim 花了一天的時間思考後，決定答應志偉的告白，他們展開了戀情。

兩人進入正式的情侶關係，不過志偉注意到一個讓他相當在意的情況。每當他向 Jim 表達自己的情感，說出「想你、愛你」之類的話，Jim 總是以一種迴避的方式，只乾笑回覆「哈哈哈」，這令志偉感到困惑。

戀情進行三個多月後，志偉決定和 Jim 坦誠地聊聊，問他是否真的喜歡自己。Jim 說了實話，喜歡志偉的程度大概只有四十五分，認為建立感情主要取決於花時間相處。

志偉心想那是藉口！別說親密行為了，連在家中看電影牽手，Jim 都會把手抽開。因此志偉提議暫時回到約會的階段，減少壓力，不再堅持男友的身份，Jim 爽快答應這個想法，回到朋友的階段，多約會建立感情確實比較好。

然而，在這之後的發展讓志偉傷心。Jim 變得更加冷淡，不再主動日常問候，回應訊息也大多是敷衍，甚至不回。有次，志偉早上問 Jim 是否想一起吃晚餐、順便走走，Jim 已讀後，卻等到晚餐時間才回覆，說要去酒吧喝酒、沒空。

志偉感到不解，不知道 Jim 真正想要的是什麼，他沒把握是否該繼續培養感情，還是 Jim 只將他當作備胎。

接下來的兩週，志偉充滿痛苦，情緒不斷波動。他期盼成為Jim的男友，而Jim的態度卻讓他不知所措，內心明白自己還沒遇到對的人，但多次的挫折讓他不禁自我懷疑；志偉並非追求激情四溢的愛情，而是渴望安定戀情。然而，多次的感情經歷似乎未能滿足他的內心需求，如今他備感空虛。

志偉坦言，儘管在室內設計領域有卓越的表現，替許多公眾人物設計出優美的空間，但卸下專業身份後，依然是個不起眼、自卑的人，他曾自認不好看而整形多次，依然難擺脫那快窒息的自卑。

遇到Jim之前，志偉已經單身三年多，今年對談戀愛產生強烈的渴望，急著想早點達成目標，得到安全感和平靜。不過在多次的感情挫折下，他滿懷著快無法承受的不安，就要到極限了。

人生這麼難得，何必把簡單的自己搞得那麼複雜？任何給予都是自願的，你對人付出這麼多，怎麼不多為自己付出。你一直對他好，沒有留給自己，直到有天需要被接住的時候，心裡空空洞洞，什麼也不剩。但是，喜歡一個人不是傷感的。

許多人對曖昧的定義，是現實且自私的，相處後認為不適合卻什麼也不說，寧可自己是被動的「受害者」，要別人先開口談分離，但其實他什麼也不做，才是傷人傷最深的那個。確實難以理解，但這就是他的邏輯和選擇，無法接受也得接受，不要執著在這種人身上。

別奢望冷漠的人為你冬天蓋被，不是每個人都值得擁有真誠的感情。有時人是盲目的，看自己想看的，一味相信自己盼望的，忘記就算有穩定愛情也未必能平靜。

有所期待很棒，但這方向是你想要的嗎？明知道是藉口又何苦死守，催眠自己相信「那是我想要的」；人要成長，認清不是所有的藉口都能看作承諾，如同折磨和磨練，是兩碼事。

在逆境的時候學到的最多，活著就是不斷碰撞，換來契合的角度。被拒絕不會要命，人要有被拒絕的勇氣，當你耐得住性子、穩得住腳跟，自然站得上你要的那條路。

我們走到後來，碰到的人愈來愈多，體悟到的也愈來愈廣，要學會看淡。**把時間花在不適合的人身上，不是事情的證明，是辜負自己的證據**；在你轉身離開後，就已經開始把自己縫補起來了。

花心力在好的事情上，才會到好的地方去，該結束的不琢磨，該對自己包容就別吝嗇，千萬不要急著找人來愛，先把失去的信心找回來，適合的人自然會出現在你空出的位置上；替自己多著想，這輩子相處最久的人是自己，至於干擾心情的，大可不必。

堅強的活著，世界會給你更多堅強；為可惡的人而煩惱人生，等同被他們攻擊兩次。

多虧了結束那段愛情，
以後你多了看人的眼光。

每當辰陽在茫茫夜色中騎機車回家，總會想起一段戀情。

他曾經談過一段痛苦的戀情，那段經歷讓他心中留下了極大的創傷；他寫信到樹洞裡，嘗試抹去長年的陰影。

那年，辰陽邂逅了前男友。初次見面時，他們就像一般情侶那樣地甜蜜愉快，辰陽以為這次愛情會是他的長久幸福。

然而，事情並不像他想的那樣美好。隨著同居的日子漸漸展開，辰陽開始發現男友內心的黑暗，言語暴力只是冰山一角，他曾無數次聽著傷人的言語，嘗試裝作不在意，但愈是如此，男友愈加無理取鬧，甚至曾在半夜發酒瘋，施暴毆打辰陽，讓他第二天出門時得小心地遮掩身上的黑青和挫傷。

有次，一連串爭吵導致一場巨大的衝突。男友再次喝醉了酒、失去理智，將辰陽的個人物品亂丟一通，喝令他趴在地上撿拾，再將他趕出門。那是一段發生在凌晨四點半的狂亂，辰陽決定離開這場噩夢。

踏出男友的家門，他背負著心碎和傷痕，孤獨地騎機車回家。那段路，成了他生命中最漫長的一段路程，無奈的淚水在黑夜中模糊視線，他痛苦反思著自己的選擇，從委屈到憤怒，最終轉變成對愛情的不信任。

其實，結束那段戀情到現在，這中間一度覺得陰影消失了。好幾次和一個對象相處，剛開始辰陽是真心快樂的，但對方想要進一步發展成戀人時，辰陽心中爬滿恐懼；他不是擔心被傷害，而是擔心「我會不會惹怒他？」這才察覺到，原來他已經不再相信任何人，特別是那些想靠近他、想進一步交往的人。

「不是不想再談戀愛，是太害怕了。」
「對我來說，愛情是極大的考驗。」
「我覺得付出之後，換來的是痛苦跟無情……」

他渴望愛情的溫暖，孤獨時候想有雙溫柔的手牽著自己，他渴望被真摯的情感包圍生活，但每當幻想湧上心頭，下一秒就退縮。辰陽把自己關在冷漠的殼，不知道自己還需要多久時間，才可以再次擺脫陰影，和對的人相遇。

沒有人有權力用粗暴建立關係，過去你看重這段情感，一度隱忍暴力、羞辱，如今要看重的是重建自我價值。會感到深刻是你認真去愛的證據，那不是心痛，是脆弱的部分正在離開。別被不珍惜你的人制約，為不值得的人費神，不會帶來什麼改變，反而是傷害自己。

辰陽的那段戀情愛得很艱辛，慶幸是他知道如何停損離開，明白不是每段戀情都要進行到底；人在療傷過程裡，難免花時間抽絲剝繭，只是花時間研究不適合、已經離開的感情，得到了結論卻耗弱自己的心，那就不是真正的離開。

或許，人一開始是沉醉在愛情甜蜜裡的。然而暴力和愛情交織在一起，就像被重重鎖鏈束縛住，人生那麼多值得我們體會的事，**為一個壞人錯失許多好人，對自己是不公平的，為可惡的人而煩惱人生，等同被他們攻擊兩次。**

每個人都有安頓自己的責任，當初離開辜負你的人，已經是很好的安頓方式，縱使刻在生命的痕跡無法消失，但人是可以控制自己怎麼回憶的，過去雖慘痛，但你卻能以支持的方式回應過去。

每個結束都有收穫，多虧了結束那段愛情，以後和新對象相處時，你多了敏銳度，多了看人的眼光；好在你有為自己著想，不是奮不顧身執意要吞忍暴力，往後餘生懂了如何拒絕不對等的關係，明白了該怎麼保護好自己。這全是在挫敗後得到的收穫。其實，換個方式回憶過去，感悟到的全然不同，吃虧了就是吃虧了，但吃虧了不表示非得要當個受害者，你可以將過去視為警惕，依然可以決定要活成什麼樣子。

不是逼自己忘記那些痛苦，是那些痛苦一出現，就要告訴自己「我已經過得比從前好了」，而不是被痛苦記憶左右意識；堅強的活著，世界就會給你更多的堅強，用心過好生活，生活就會替你過濾不好的事。

有時生命會用一件事的衝擊，來提醒人該專注的是什麼，不能一直拿過去懲罰自己，我們能做的是學會看淡，專注在此刻。

這一路上永遠會出現阻撓你快樂的人，生活是刪去法，認清什麼是不要的，留下來的就是真正合適的。無論現在過得如何，是難過大於快樂，或是自在多過自卑，都要為自己打氣，這是我們一輩子的習題，好事壞事都會過去，你也會找到平靜，慢慢安好。

挫折的路上有很多問句，每句的背後是一次成長。有些人有愛的心意，但少了愛的能力。

別慣性質問自己做的選擇，因為你相信了愛情，愛情才存在。

不是所有真心都能得到真心的對待，樹洞寄來這封信，帶著深深的灰心，訴說一個女生在追求愛情時的挫折。

苡葳的社交圈並不寬廣，除了工作，她的生活只有健身房和少數朋友，在這個充滿科技和焦慮的時代，她聽從同事的建議，嘗試使用交友軟體認識異性，希望能談場戀愛。

她性格活潑但對感情保守，她發現自己與網路上的人聊天不太順利。交友軟體上的人，不是急於建立關係，就是尋求一夜之歡，似乎很少有人真正願意深入交流；苡葳不懂為何那些人如此匆忙，忽視了建立人的情感面，關心肉體交流，而不是心靈交流。

她對於過度直接的男女關係極度排斥，因為它們來得快，去得更快，似乎只建立在表面上，而不是真正的愛情，她不喜歡珍貴的情感被隨意浪費。

一開始，苡葳對交友軟體並不排斥，有次接受了一個約會邀請，直覺是個輕鬆的行程，他們一起看了電影、接著吃宵夜，過程愉快舒心；她覺得這或許是個建立基礎的機會，藉由單純約會去深入了解彼此。

然而，那次約會到後來令人跌破眼鏡，對方試圖對苡葳伸出魔爪。聲稱要避開市區塞車路線，卻開到了一個荒涼的河堤，試圖做出違反苡葳意願的行為，幸好她保持冷靜，堅持下車和他對話，結束這場驚險約會。

苡葳的失望經驗不止這一次，在交友軟體上認識了另一位男生，來自新加坡，一切的開始都很美好，她帶他造訪臺灣許多好玩景點，過程愉快有趣，帶了一點甜；不過當她去新加坡找他時，事情開始變得奇怪，男生總是只邀她吃早餐，理由是太忙了無法花時間陪她，這跟當初去新加坡前的說法並不同。

後來幾天，她在 Instagram 上看到他總是和不同的女生喝酒，愈夜愈火熱，當苡葳在跨年夜孤獨觀看煙火時，她終於明白自己只是其中之一，他從不缺人陪伴，倚仗條件好和風趣，一句簡單的邀請，就能引來許多女生約會。

苡葳不想成為別人的便利玩伴，想成為真正的朋友或戀人。她承受不住期待一再落空的滋味，經歷幾次失望，她發現交友軟體上的人幾乎不值得信任，配對的人往往令她絕望，那些誘人的標題，像是「輕鬆脫單、找到真愛、浪漫邂逅」，實際上是在誘發加入便利男女關係的隊伍，覺得自己脫隊落單。

她不禁焦心鬱悶，難道只有她覺得現代的愛情是困擾、被逼得無法喘息嗎？她知道自己有真心、但別人未必有，明明自己條件不差、個性和善，就是遇不上一個好對象。曾以為緣份來了，現實卻要她難堪。

苡葳最後反問，自己真的值得被愛嗎？

曾經問過朋友，為何對交友軟體上癮？他認為曾經心碎過，害怕愛上一個人，如今不用幾秒就獲得機會，用一個晚上的時間換取快樂，展現魅力又沒壓力負擔，何樂不為？可以不接受這個想法，但可以試著了解這樣的想法。

便利的世界裡，急著尋求結果，人很常缺乏真正連結的能力；在一個充斥著年齡焦慮、人際焦慮的世界裡，不禁讓人陷進五味雜陳的情感困境，選擇愈多就愈困難，最後只取自己需要的，而那未必是真切的情感。

在沒那麼真實的裡世界保護好自己，就有辦法降低傷害的力道，不要輕易貶損自我價值，替自己打造安全感。不必隨波逐流，選擇自己想要的、拿回自我主見，沒有哪種選擇比較高尚，毫無對錯之分，知道自己要什麼就好。

或許這當中不是要改變什麼，而是展現一部份的自己就好，不用掏心掏肺，把自己掏空了對方也不會懂，或者是不想懂；在有些人的心裡是不想承擔感情的，各取所需不算衝突，志不同不相為友，價值觀差異不合則散，沒什麼好氣餒的。

人們總說，愛情需要真心，但真的傾注真心，是否就會得到相應的回報？情海浮沉多傷感，我們懂感情酸楚，也懂失望滋味。沒錯，被留下來的人心是苦澀的。

失望是不張揚的心碎，容易掉進自我嫌棄的無力感中。挫折的路上有很多問句，每句的背後是一次成長；不管遇到什麼事，都是往自己更靠近一點，對身體意志負責，歸納對情感的想法，漸漸地去梳理擁有的，和準備好要去擁有的，對得起自己就足夠了。

理解到心裡破個洞，要給自己修復的空間。**你並沒有不好，是太多草率匆忙的人，這世界太講究便利，連人的關係也貪快，或許有愛的心意，但少了愛的能力。**曾經發生的事當作警惕，剔除掉不必留心的，不要太執著遭受的傷，才有撫平癒合的可能。

尊重心裡的直覺，好好感謝自己，沒逼自己做不想做的事。最嚴厲的評判是自己給的，壓迫是當下的，過去和未來都無法傷害你，別慣性質問自己做的選擇；收起哀愁，挑出信任裡的雜質，除了愛情還要找到自我，因為你相信了愛情，愛情才存在。保持原貌，跟隨自身的想法度過人生。

經歷那麼多失望，你依然懷抱著希望，這有多可貴！別因為傷過而不相信愛情和人，要選擇相信自己。當你不再為了迎合誰過日子，就是給自己最大的祝福，最好的禮物；**終究會吸引到跟你相像的人，一定會有個人懂你愛你，只因為你是你。**

各取所需不算衝突，

志不同不相爲友，

價値觀差異不合則散，

沒什麼好氣餒的。

踩過雷不算什麼，踩過雷還想到地雷區，就是自討苦吃。孤獨攪局時要多給自己能量，壓縮孤獨猖狂的時間。

要問自己需要愛的理由，若不知道自己是誰，該怎麼去愛？

現在的人愈來愈忙碌，凡事都想以便利方式解決，愈便利愈好，想認識新朋友的人碰壁，想認真戀愛的人踩雷。樹洞收到一封信，顯現「懶得付出只想收穫」的人心，也寫出帶著真心，卻找不到真心的無奈。

近十年郁婷忙碌得很，可是愈忙愈孤獨，她不傷心，是孤獨欲絕。

她出生在經商家庭，自呱呱落地起，至今從沒擔憂過生計。家人皆是成功的商人，郁婷不曾扛起養家責任，父母對郁婷極度愛護；從小到大的學校內，家庭優渥者比比皆是，甚至有的同學一輩子吃喝玩樂，不必工作也有被動收入，含著金湯匙出生，大抵上是這麼回事。

大學畢業後郁婷順利找到工作，薪水很不錯，與同齡朋友相比高出許多。但是，她內心滿是孤獨，沒有能談心的朋友，同儕聚會話題，不是聊物質生活的提升，就是聊朋友間認識哪個貴公子、富千金。雖不排斥，但郁婷融入不了。

工作忙碌，無暇接觸同溫層外的人，郁婷下載了交友軟體。第一個聊得來的，是位知名醫院的外科主治醫師，網路風評好，業界算有名氣，他們相處起來舒適愉快；但是好景不常，某天意外地聽到朋友說，名醫原來有未婚妻，社群上不放閃罷了。

郁婷嫉惡如仇，當起偵探展開縝密搜索，找到名醫未婚妻的帳號。郁婷試圖幫她一把，私訊告訴對方未婚夫劈腿一事，結果未婚妻反而責怪郁婷，接著對她一陣咒罵後封鎖。

奇葩交友經驗不只如此。另一位在交友軟體上認識的工程師，首次約會後貼心送郁婷回家，原以為他是不錯的對象，結果第二次約會起，離別前總向她借錢，金額還不小，每每開口就是五萬元。雖然她不曾允諾借錢，但工程師老是喊窮，次次約會的費用幾乎都由郁婷先支出代墊。

善解人意的她想著，或許是家計比較重吧？當下手頭不方便沒關係，之後再結算也可以。結果在郁婷開口向他索取先前代墊的花費時，工程師竟要她將發票整理出來、拍照存證後才肯還錢。奇葩人做奇葩事，剛好而已。

約會次數不多，傻眼的事倒挺多，隨著年齡靠近三開頭，郁婷不免惆悵，為何總是遇到珍奇異獸？不是外遇的爛人、就是借錢的怪人，難道真像大家口中所說，交友軟體是聊性不聊心嗎？

她真心想找個穩定對象，卻屢屢踩雷，搞得她像個行情差的人，內心感受著實孤獨，她不禁懷疑，自己難道要繼續單身下去嗎？

原以為可以帶來春風，沒想到刮起颶風。孤獨是不安份的小獸，住在心裡、窩在腦裡，看不見，卻令你疼痛、難受，時不時提醒你單身多苦，三十歲還單身有多淒慘……可是，三十歲單身真的如此激昂慘烈嗎？

人生這班列車，來來去去的人這麼多，總會遇到幾個狼心狗肺，會憤恨不平，會沮喪孤獨，人之常情，在所難免。

活著要有意識的自救，要找到繼續相信愛的意義，要有絕望後治癒自我的能力。絕望和釋然的距離其實很近，就看你要不要跨出那一步，為渣男、怪人滯留在絕望，遲遲不願走向釋然，值得嗎？

交友軟體方便、快速、直接、可篩選，好不好用評價在自心，遇見真愛的人肯定有，就看個人運氣好不好。複雜世道什麼人都有，虛擬世界像跨年後魚貫散場的人們，拽著孤獨，擁著期待，意圖不軌者無所不在，若不擦亮眼睛，就要遠離複雜源頭。

踩過雷不算什麼，踩過雷還想到地雷區，就是自討苦吃；沒有人是備胎，要問自己需要愛的理由，若不知道自己是誰，該怎麼去愛？

被情感操弄人生是可怕的，假性匱乏令我們被自卑糾纏，失去信念，力不從心。真心的人付出最多，傷得就最深。日子過著過著，不免被某個人影響、被一句話打敗、被普遍標準綑綁，使身上有點灰暗，但這不表示你是糟糕的，單純在某些層面走得緩慢而已。

拿大眾定義的準則來自我要求，既殘酷又沒必要，此生最重要的，是對自己認同，你並非得不到愛，你擁有的一切全是愛。會傷，是因為你把愛分給別人，對方卻不懂珍惜，但我們沒本事去管對方要自私還是重視；與其用盡全力尋找模棱兩可的愛，不如調整心態，去心疼那一路上的辛苦和付出，學會認同並寬慰自己，永遠不會錯。

人生很多事不清楚，至少你要清楚自己該怎麼做，身而為人，要在獨處中得到勇氣，在人海中找到意義；**把自己過好，別一味期待另個人帶給你幸福。**

人都會孤獨，這是一輩子的課題。對自身不滿、孤獨冒出來攪局時，要多給自己能量，壓縮孤獨猖狂的時間，在你獲得成就感、優越感、幸福感時，孤獨將離你而去。世界是很微妙的，當你對自己擁有的生活積極，周遭就會發生變化。

回過神，會發現根本沒什麼好急的，當你足夠認同自己、樂於現在的生活，那些打擊你信心的野獸全都會煙消雲散，種種擔心全是預設立場，又可以再次相信自己了。

有的時候不是特別缺什麼，只是純粹在情感方面少了些裝飾。你不能被焦急壞了性子，要在周遭喧囂的當下，耐著性子，靜下心尋找同類。

拿大眾定義的準則來自我要求，

既殘酷又沒必要，

此生最重要的，是對自己認同。

要對方承認自己是壞人，談何容易，何必花力氣聽一個會傷心的謊言。

感情是道旋轉門，人來來去去，
滯留灰暗裡，
適合的人怎麼轉得進來？

宛臻生長在傳統家庭，姊妹早婚緣故，長輩對次女的她諸多包容，不再像從前，動不動勸她趕緊找人嫁一嫁，阿貓、阿狗都行，是負責的男人就好。

去年十月，她費盡心力擠進公立醫院就職。行政單位雖不比醫護忙，成天搶時間救命，可要忙的事依然如山高，沒想到醫院也有「奧客」，搶人時間、偷人尊嚴。幸好醫院中宛臻不孤單，有個姊姊能陪伴、聽她牢騷。

「姊姊」是名護理師，是她的同事。宛臻遇到職場問題、心裡的難關時，姊姊會先平復她的情緒、再分析前因後果、利害關係給她聽；她們慢慢地愈走愈近，情感內斂的她，沒想過自己會喜歡女生，更沒想過對姊姊的心意，超越了友誼。

直到一次出遊，姊姊主動親吻宛臻，她才曉得原來她們彼此有意，在那天後兩人展開不能公開的戀情。

醫院的職場環境保守，雙方家庭文化傳統，相處方面始終得小心翼翼。上班時宛臻一旦有空就藉機拿飲料、零食到護理站找她，要是女友不在護理站，就耐心到走廊、病房門口尋找她蹤跡；下班時段不約而同等候彼此，只為短暫的晚飯聚首，吃到店家打烊，難分難捨地各自回家。

宛臻曉得，女友前段愛情受過傷，她沒多大願望，只盼用心陪女友身邊，百般呵護、好好對待她。原以為成為滿分情人，就能得到滿分愛情，可現實不如想像順利，女友漸漸變了。

開始用工作忙、上班累做藉口，迴避宛臻，出現口角、還沒溝通就嫌她煩，她根本不曉得自己錯在哪，不懂為何女友態度丕變。宛臻不願就這麼淡化愛情，開始找各種事向女友吵架，鬧到其他護理師霧裡看花地勸架，女友卻以同事立場罵她無理取鬧。

其實宛臻明白女友的行為是想分手，但因為她太愛了、不想放手，正在做最後的掙扎，一個人死撐這段愛情。

宛臻日復一日頹廢下去，行屍走肉般地不曉得未來何樣貌，天天逼問女友「妳還愛我嗎？」得到的只有沉默。女友說宛臻負面到極點，堅持分手，完全沒商量餘地。

雖分手，但兩人仍在同職場。相隔未到半月，宛臻因公找前女友，看她不見蹤影，但遺留在辦公桌上的手機，桌布映著和一位男人親暱合照，她意識到自己被劈腿了。

心碎那刻，宛臻灼熱的眼眶強忍著不哭。

分手後的日子，她困惑在沒曙光的低谷，自我催眠「愛自己」、強迫自己快站起來，卻在往後的無數個月裡，發現早已迷失了方向。

職場戀情最後轉為一方一頭熱，對方早已移情別戀，但自己是最後知道的那一個，過去那份不能公開的地下戀情，而對象是你無法避不見面的同事。

站在戀人角度，當然可以鼓起勇氣，向她問清楚前因後果，但得到的不會是真實答案；要對方承認自己是壞人，談何容易，何必花力氣去聽一個會傷心的謊言，知道她移情別戀，就沒有理由糾結問題出在哪裡，心思該放在如何在職場和對方再次建立起同事關係。

站在職場層面，事實擺在眼前，再執著下去不是辦法。她是同事，要想辦法回歸到專業的角色，回到沒有情愫的狀態，公司就這麼大，想閃躲也閃不掉，總有碰到面的一天，就算認為她感情不忠，也與你沒有關聯了。

雖然恢復很不容易，仍要多嘗試說服自己，糾結下去改變不了事實，因為過去的情感，對工作帶來影響是沒必要的行為；總要為了未來的現實著想，被分手後愛情已經沒了，連同麵包一起失去，不是很可惜嗎？

不用去想為什麼，不愛了就是不愛了，對自己坦率點，**要放棄的是追根究柢的堅持，不是放棄得來不易的生活。**這是你費盡心力擠進的公司，好不容易撐過最辛苦的階段，想想起初進這間公司的初衷，這份工作對你而言意義是什麼？若對你而言工作很重要，同時也喜歡這份工作，何不全心投入、再為自己勇敢一些。

多透過轉移注意力恢復自己的心態，讓感情影響到工作是不專業的表現；無法避不見面，至少從點頭之交開始練習，過渡期免不了尷尬，那又何妨？兩個人都沒立場為對方而離職，她再也不是你必須在意的人，只是個同事。失戀雖痛苦，最起碼能學會怎麼在失戀中面對痛苦。

感情是道旋轉門，人來來去去，滯留在灰暗裡，適合的人怎麼轉得進來？浪費時間在對你可有可無的人身上，是在耽誤自己幸福的機會。

復原是漫長的，消化悲傷是必要的，要試著用第三方視角看待，再次定義發生過的事，會發覺原本蒙在霧裡的想法逐漸清晰，遮蔽住的出口也會浮現。總得把失去的自我找回來，生活一樣得過。

你的世界很寬闊，不該只裝著「男朋友／女朋友」；停止無止盡消耗意志，情感告吹了就讓它飛，你值得真摯的愛，真誠的人，迷失的時候要想辦法往前奔跑，愈遠愈好，這樣才觸及得到未來。

堅強的人不是不會痛，而是在痛過、哭過後依然選擇站起來，逆境在哪裡，就從哪裡重新開始。

浪費時間在

對你可有可無的人身上，

是在耽誤自己幸福的機會。

情人好不好，跟有沒有愛是兩回事，要有勇氣掙脫不適合你的人。

豁達不是不難過，
而是在難過之後
認真地鼓勵自己。

樹洞信箱內有一則特別的故事，主角是佳瑜，她是一位臺灣女生，日本定居剛滿十年，已經領取永久居留權。她的生命故事變化大，對許多人來說是深刻難忘的，但她自己描述起來，卻像在分享別人的故事，既沒負擔又輕鬆豁達。

佳瑜結婚得早，大學時期曾有過一段婚姻，和學長育有一名女兒。可惜夫妻理念不合，還沒畢業就離異、各自展開新生活；由於前夫外遇，佳瑜爭取到女兒監護權，儘管單親的生活非常辛苦，不過她對生活的態度樂觀，相信母女兩人能共度幸福的人生。

人常說「心念」會為生命引路，未來怎麼發展不知道，但可以由意念來決定。認真過日子的佳瑜，讀完大學後進入社會，工作時邂逅一位日本人，他們從相識到相戀，短短兩個月就決定繼續走下去；佳瑜和女兒達成共識後移居到日本生活。婚後兩人感情穩定，先生對女兒視如己出，幸福日漸加溫，他們多了一個兒子。

然而愛情本來就不會總是美好結局，佳瑜和先生因個性上的差異，終究是離婚收場，兒子歸前夫，女兒依然由她照顧。若要問她有沒有懷疑過人生，她坦言當然脆弱也難受，不過她也曉得痛苦不能改變什麼，振作卻能從谷底爬回平地。佳瑜努力顧好母女兩人的生活，如今女兒已是亭亭玉立的大學新鮮人。

說起現在的感情狀況，佳瑜開始炫耀外國男友。棕褐髮色，碧藍深邃雙眼，照片看起來是個風趣的男人；佳瑜說男友小她十四歲，是大學交換生，但不符合愛玩的年紀，反而黏她黏得要命，有次她拜託男友找朋友出去玩，別老是學校沒課就跑去找她。抱怨歸抱怨，甜度倒是沒在客氣。

現在女兒長大了，懂得照顧自己，開始插手佳瑜必須幾點回家，要不是女兒和男友管太多，她說自己是想去夜店就去夜店，想旅行沒第二句話說走就走，下班不刻意趕末班電車回家，日子過得自由自在。

佳瑜很特別，有別於其他分享者寫信來樹洞，她用錄音的方式講述自己的精彩生命。當我聽她分享故事細節時，感受得到她是愉悅自在的，然而我也曉得，她正在過的人生看似經歷許多波折，但是把這些零散的波折凝聚起來，她過得比誰都還要幸福。

就算看再多談感情的書，聽透了再多名人或講師千篇一律的道理金句，到頭來，也沒有人能真正理解你失戀的痛苦。人是你愛的，傷口就得由你來縫補，和佳瑜一樣把受傷的自己一片一片拼回來。

很多人失去愛情時，首先浮現的是報復心，未必是對舊情人做出什麼事，而是逼自己一定要過得比從前好，去掩蓋追究和怨恨，這樣會讓心裡舒坦些，也是讓自己知道，無論如何生活是繼續過下去的。豁達不是不難過，而是在難過之後認真地鼓勵自己，就像佳瑜過往的愛情乍看是不完美的收場，但她懂得把自我活得沒遺憾。

對自己說實話是困難的，情人好不好，跟有沒有愛是兩回事，別被責任感困住了，要有勇氣去掙脫不適合你的人，不管多辛苦也要嘗試，坦誠挫折的原因，就表示還想再站起來。

失戀的陰霾要靠自己才走得出來，給再多的建議都沒用，要是還不想放下，就繼續難過一陣子、不要勉強自己，直到有天不想沉淪下去了、不想浪費時間了，就是走出失戀的陰霾了。

在某個階段，可能覺得人生好像就這樣了，總有幾件事的發生令你萬念俱灰。然而生命的發展很難說，在時間線裡跑著追著，不小心跌倒了不要緊，迂迴曲折的路誰都會走不穩，再站起來、給自己機會去接受生命帶來的課題，在不穩定中求穩定，是替自己做得最好的決定。

命運心狠手辣，常給人意外的局面，好比佳瑜遷移日本前，她不曉得婚姻會二度觸礁，但她依然活出不同的色彩。在挫折裡感到迷茫很正常，但這是暫時的，再苦還是有辦法走下去，起起伏伏不是我們控制的，觀點角度卻是我們決定的；忍氣吞聲是種選擇，活出獨特也是一種選擇，被視為生命的火焰山也能是支火柴，被滅掉一條路，就點亮別條路，走好眼前的每一步。

有愛的人會變得柔軟，也懂得怎麼付出愛，世界不是為了誰而轉動，到頭來你會知道「愛」沒有分明的對錯，只有快不快樂、適不適合。

心境決定身處的世界，要在陰影下或陽光下由自己來決定，只要接受自己的樣子，專注眼前的人事物，該走的路自然會出現。風雨的辛苦只有自己懂，心路歷程全是啟發和收穫，不會是平白無故的付出，不管在哪個狀態下，是好是壞、有沒有低潮，只要曉得不要絕望，就有辦法找到出口，一切就還有可能。

輯二

about love

兩個人在一起，

彼此有過得更好嗎？

感情：抉擇

在你意識到，不過度犧牲也幸福，才算真正懂了愛。他想要變成你生命的中心，但你必須成為自己世界的中心。

戀愛不是綁架，
別把自由當成籌碼。

樹洞這封信，無疑是一段愛情的掙扎，更是對人生價值觀和選擇的反思。站在愛情、事業的人生交叉點上，你會怎麼選擇？

在美商公司上班的曉貞，從事媒體產業，責任制、自行安排上班時間，包攬活動的業務。她的工作能力好，經手許多重要案子，不過在花樣年紀就展露頭角，她為此自豪，但是她卻陷入無法調和的掙扎。

一天，曉貞意識到愛情與事業的摩擦，男友愈來愈不認同她的工作：指責她下班已超過七點，怎麼回到家還是電話接不停、訊息回不完；明明是一份辦公室的工作，為何假日老是跑出去忙碌；男友遊說她跟主管反應，不是減輕工作量，就是下班後就不回覆工作。

這讓曉貞陷入兩難，一面是自己的愛情，一面是增加信心、璀璨明媚的工作，兩邊都是她所愛的、無法抉擇。曉貞想把這兩樣重要的事好好經營，想穩穩抓牢，面對這種矛盾，她感到焦慮和不安。

原以為男友抱怨完就釋懷，沒想到兩天後情勢惡化，曉貞在家吃晚飯回工作訊息，他責怪她忙於工作無心在感情；她為自己發聲，結果男友變本加厲，動手搶手機、控制她的行動，為奪回手機，他們激烈爭執，男友推她、抓傷她，導致曉貞臉上出現明顯傷痕。

事後，男友逼她找主管協調工作制度，情急下曉貞為了男友，拜託公司爭取減低工作量、下班時間不工作。

主管明白她的苦衷，但無法為她一人而破例，倘若答應她，其他同事知道難免會反彈，對她、對公司都不是好事。主管提醒她，生活有多種可能性，可以試著思考清楚自己真正要的是什麼；這場愛情和事業交錯的危機，她自認談判失敗，唯有離職才能解決問題，曉貞相當沮喪。

曉貞十分苦悶，不管對誰都溝通無效。荒唐的是，男友明明是同行的高層，照理能體諒這樣的工作模式，就因為他自己是高層、下班不用忙碌嗎？他自己不也經歷過基層時期，為何不體諒她？不體諒就作罷，竟然對她動粗，難不成愛一個人就可以霸道無理嗎？然而這些話，她怕傷和氣，一個字也沒提。

她想保住愛情，可她曉得事業正在耕耘的關鍵期，沒站穩就因為感情離開，遺憾恐怕佔據她往後餘生。當初她過關斬將地面試、擠破頭成為公司一份子，不該就此草草收場。

如今曉貞處在掙扎的生活中，心情有如暴雨後的清晨，委屈的哭了，無助的怨了，整個人被轟炸得空曠，凌亂，沉重。

曉貞以為公司要她終極二選一，但她根本搞錯了！身邊是動手家暴的男友，不論什麼理由、什麼道理，動粗是事實，不能因為是男友就隱忍；就算公司給她方便如男友所願，超過下班時間進入休眠模式，誰能確保之後不會用其他的藉口情緒失控、爭吵動手。

不是把自己寄託給別人就是愛，過得不快樂，光有愛有什麼用。就算沒有他，你也可以過得很好，為了愛一個人，以為順從可以解決一切，但這只是依照對方的意識生活，不是為了感情的和諧，久了終究失去自我。

因為愛，你已經忽略很多事。他想要變成你生命的中心，但你必須成為自己世界的中心，你的退讓並非理所當然，體貼也不是為了扭曲了愛的本意，愛從來不是暴力和犧牲，而是溝通和尊重；戀愛不是綁架，別把自由當成籌碼。

該強硬的態度不能心軟，該說的話不要嘴軟，噤聲只會給對方攻擊的空間。不是一定要離開，是要主動在心裡設立屏障，阻隔指責、把立場建構起來，倘若想說的話說完了、要捍衛的沒保留了，仍沒一絲改善，就要問問自己為何必須隱忍下去。不要用自由的死亡，換一場窒息的關係。

生活這麼累，戀愛為何要狼狽。人生不該滿足他人而折磨自己，一個人有多少年經得起這些折騰，不要忘記，我們留在身邊的是「愛的人」，不是害怕的人。

感情不能勉強，不適合寧可放手，不對等的關係，再難過也要忍痛抽身。從低潮裡爬起來，要花更多的勇氣和力氣，順從自己，交給直覺去處理，你可以做得很好。

別讓眼淚白流，要在眼淚中學習，在挫敗中強壯，給自己多一點期望，相信自己值得更好的人，現在只想一個人也很好，至少沒人能絆倒你；意識到不過度犧牲也幸福，才算真正懂了愛。

重要的朋友，值得你拉下面子道歉；該說開的別悶在心裡，真朋友不會希望你因為誤會而就此消失。

這場殘局裡最大的安慰，是你沒把幸福葬送在不適合的人手上。

不是每份愧疚，都能靠自己消化。樹洞收到一封自我質問的來信，矛盾久久無法散去。珮瑜愛情路不順遂，多年空窗期，曾想過真的就要單身一輩子了。

直到某個夏天，珮瑜的命運改變了。一次偶然機會，她邂逅柏宇，她形容他是生命裡等待已久的人，兩人一見鍾情，感受到彼此的心靈產生共鳴。柏宇邀請她前往一場為期三十天的長途旅行，橫跨西班牙和法國，這是一個可以共同創造珍貴回憶的機會。

這趟旅程不容易，在柏宇的體貼照顧下，珮瑜漸漸敞開心房。他們經歷了無數個深刻瞬間，用力地笑、流下翻山越嶺的汗水，收藏起數不盡的壯麗風景作生命拼圖，這些成為他們愛情的催化劑。

珮瑜在心中暗自決定，若這趟長途旅行裡，柏宇向她告白，她將毫不猶豫答應。

法國最終站，柏宇果真向珮瑜傾訴自己的感情。經過那麼多艱辛路程、受到貼心呵護，珮瑜深信柏宇是可以在生命旅途走下去的人，迫不及待接受他的告白。

然而回國後的某天，一場意外使關係產生劇變。兩人愉快地享受午後小酌，珮瑜喝得多了些、沉沉睡去，柏宇在這時候擅自拿了她的手機，傳訊息辱罵她的同志好友，以極度不禮貌的言辭，表達對同性戀者的歧視和厭惡，甚至詛咒對方下地獄。

收到訊息的這位朋友，常聽珮瑜傾訴心事，對突如其來的辱罵訊息感到不解又訝異。他主動打電話給珮瑜，接通後等不及珮瑜開口就先詢問狀況，而電話那頭傳來的竟是一個陌生男人的聲音——正是柏宇。柏宇像撿到槍的魔鬼，對珮瑜的這位好友肆無忌憚開槍，口出惡言謾罵。

好友的擔憂和疑惑持續升高，誤以為珮瑜遭到軟禁，身陷危險，於是果斷採取行動，報出珮瑜的住家地址請當地里長前去關心。但，這反讓事情更複雜，因為珮瑜並不在家，她的父母也因里長的行動感到擔憂，整個家陷入對珮瑜的不安和揣測中。

稍晚珮瑜醒來後意識到發生壞事，她深感錯愕羞愧，立即嘗試聯絡被冒犯的好友們逐一道歉，但柏宇引發的一場戰亂和煙硝，已讓她的生活崩解成一片廢墟，眾人只對她說「人沒事就好」，在她心裡這句話象徵的不是沒事，是有事。

她懊悔至極，意識到柏宇的極端行為，在她生活上帶來巨大困擾跟傷害，不僅傷害她，也間接傷害她的家人及好友。她開始反思，內心充滿掙扎和矛盾，自己是否真的認識這個男人？

他究竟是不是可以托付終身的對象？

進一步了解柏宇的真實面貌，發現他仇同的想法根深蒂固，這讓她深感震驚和失望，她說服不了自己跟一個心懷歧視的人過餘生，最後決定結束和柏宇的關係。

縱然好友說不在意過去發生的事件，做出冒犯行為的人終究不是她，她也為此誠意的道歉，可珮瑜過不了自己這關。

在失去一段愛情的當下，她認為自己正在失去那些知心朋友，愧歉感就要將她淹沒，那幾則充斥敵意的訊息擱在對話紀錄中，每一次回想這段往事，她還是感到痛苦又愧疚。

原本是美麗奇遇轉眼變成煉獄，這場殘局裡最大的安慰，是沒把幸福葬送在不適合的人手上，幸好沒有咬牙把眼一閉、將錯就錯的繼續；愛不會讓人難堪，如果愛是痛苦的寧可不要愛。不管如何，還是解脫這荒唐的關係了。

別說「就算不完美還是可以愛」這種話，**人需要愛，但不需要讓你害怕的愛，尋找適合的人用不著賠上自己。**曾經義無反顧的去愛，換來的卻是非自願的被推下山後粉身碎骨；但你終究要靠自己把失去的拼回來，不要變成連自己都失望的人。

生活難免被幾道無形雷劈中，看似毫髮無傷卻支離破碎，要修復好陣子才能痊癒，這些轉折總是不經意出現，困在別人偏頗的道德觀，對自己毫無幫助也於事無補。

將你放心上、看重你安危的友誼沒那麼輕易說散就散，即便不能當作什麼事都沒發生，你也要想辦法解開芥蒂，過去如何培養起情誼，如今就怎麼重修舊好；該說開的別悶在心裡，該出面的別避不見面，真朋友不會希望你因為誤會而就此消失。

你認為正在失去朋友，可你終究不是他們，就別臆測對方的想法。對事不對人，他們感到失望的不是你選錯對象，是遭到陌生人言語攻擊，縱使心中產生芥蒂，那份芥蒂並非建立在你們的友誼。

嫌隙在滋長，誤會在繁衍，若自認虧欠朋友，為何不直接處理誤會？人的一生會遇到許多荒誕至極，在誤會裡頭，很多時候問題是來自打不著關係的人。

無奈歸無奈，誤會還是要處理，重要的朋友，值得你拉下面子消除衝突，一句「對不起，我不會讓這樣的事再發生」，就可以突破許多僵局，再者，他們沒閃躲，為何你要逃避？誤會不除根，春風吹又生，說開永遠不嫌晚。

知心好友難尋，別讓得來不易的緣份散盡。產生裂縫就花時間填補，有芥蒂就耐心拔除，該振作的振作，要彌補的彌補，不管經歷過什麼難堪，都要跨出第一步，疑惑裡頭最大的癥結是憑空猜測不願求證，答案可能跟你想的完全不同。

一輩子有多少可以失去，恍然大悟就要伸手抓住，再多的責怪都不及一次說開；自責有重量，回憶也有，人是肉做的，在乎你的人就不會棄你不顧，反而希望你不再受傷，再氣憤也有期限。就算無法完好如初，至少已經盡力地給出了誠意，別讓失望繼續，一切就來得及。

離開，是懂事的過程，懂怎樣的人能安心、適合共度餘生。

不能愛了別人，就忘了愛自己，
真正的愛，不是拚命證明。

有個年輕女生，在都市喧嘩繁忙中為愛努力著。她是子容，和男友瑞杰處於同居階段，經濟不寬裕卻溫馨，住在小巧充滿回憶的公寓裡；這次，她想向樹洞訴說和男友的故事。

一年農曆新年前夕，子容期待著和瑞杰一起度過溫馨滿足的假期，她將行程規劃得相當周到。但瑞杰卻突然告訴她，他臨時需要加班工作，無法陪她過年；子容心想可能瑞杰確實有重要的工作，於是她壓抑自己的期待，準備獨自迎接新年。

就在午夜時分，當大家都在享受著團圓的歡樂，子容卻接到了一通讓她心驚膽顫的電話。警察在電話裡，告訴她瑞杰因為涉及聚賭被逮捕了，子容無法相信自己的耳朵，她的世界彷彿瞬間崩塌，男友怎麼可能做那些違法的事？

「那時候我真的不知道該怎麼辦。」

「我很怕他被關，又怕他變成我不認識的樣子……」

急切焦慮的她匆忙趕到警局，進行筆錄的過程讓她陷入了一片混亂。凌晨三點的警局，燈光昏暗壓迫，周圍充滿了不安和絕望；子容努力保持冷靜，回答著警察的問題，心中卻充滿了無盡的問號，她開始反思，這樣的男人究竟是她真正想要走下去的對象嗎？到底哪個才是真正的他？

終於，在清晨的第一道陽光照耀下，子容結束了這場鬧劇般的夜晚。她疲憊心灰意冷地回到家中，坐在沙發上，等待著瑞杰的回歸。

當瑞杰回家後，子容無法掩飾內心的憤怒和失望。她盡量保持冷靜，忍不住問起了瑞杰為什麼要做這樣的事情？為什麼要去聚賭？是什麼值得他冒這個險？

原來，這不是瑞杰第一次聚賭。他在過去的時間裡，多次踏入私人賭場，為了一夜的富貴、貪圖贏家的快感，押上他的人生；僥倖是盲目的，在這些賭局中有時勝有時敗，他卻始終相信，只要他能贏到足夠多的錢，他就能給子容一個更好的生活。

瑞杰坦言因為賺的錢不多產生自卑感，他盼望能夠給子容心目中舒適的家，一個充滿幸福的未來，他以為這是他能做到的最好的事情，盲目地相信著賭博可以幫助他實現夢想。

但是，這場被抓獲的聚賭事件讓瑞杰看到了他忽略的事實。他意識到自己已經陷入了自我迷失，捨棄了自己的價值觀和道德底線，只為了一時的財富和所謂的成功。

子容聽著瑞杰的坦白，她看到他眼中的悔恨和內疚，不禁想起他們曾經的幸福時光。她所理解的幸福，並不來自於金錢和物質的堆砌，而是將愛建立在信任和誠實的基礎之上。

瑞杰意識到他已經犯下了嚴重錯誤，他發誓要從這一刻起重新建立自己的價值觀，他向子容承諾，他會改變自己，努力成為一個值得她信賴的人。

子容很愛瑞杰，可是她內心清楚，已經難以堅信原本想像中兩人會有的未來。

生活，老愛用各種考題，對我們靈魂拷問底線在哪。雖說愛情不是犯錯就無法原諒，站在子容的立場，可以接受日子不好過，能理解以工作為重；但是，欺騙又違法是最令她難過又生氣的。感情講究的，終究是信任和安全感。

青春有限，可以很愛一個人，但不能愛了別人，就忘了愛自己。當然不是因為一個汙點就捨棄一個人，而是要提醒自己設下底線；如果做出自己無法接受的事，再多的愛也難以覆蓋傷害。有許多事情是功不抵過的，再難都要聽聽自己真實的心聲。

有時，我們會被身邊人的轉變嚇到，認為他和以前不同了、接觸到不該接觸的人；其實未必是變了，而是你還沒認識全部的他而已。再熟識的人也無法熟透彼此的心裡，每個人都有保留的事，癥結點在那份保留有沒有傷到人。

人都有迷惘的時候，但不能把它做為傷人的藉口。沒把握的感情，該散了就別聚在一起。**適合的關係會讓你安心，不會讓你憂愁不安；理想的愛情會讓你從容相處，不會讓你有「撐下去」的想法。**

離開，是懂事的過程。懂怎樣的未來能讓你安心，懂怎樣的人適合你共度餘生；有些路走錯不要緊，但不能因為走錯而失去自己，真正的愛情，不是拚命去證明什麼。

從愛自己和愛別人的過程中找到平衡，其中難免要經歷一些傷心。放下是一輩子的課題，無論將來過怎樣的生活，記得首要任務，就是把自己照顧好。

對過去的戀情和委屈告別，對受傷的自己包容安慰，不論有沒有傷，結束的別再糾結。

對自己真心的人，
會吸引到付出真心的人。

不停快轉的城市，每個人都像在追逐著什麼。憶璇是看似擁有一切的人，卻在心底默默承受孤獨，她的生活像本努力劃重點的筆記本，頁頁填滿工作的忙碌、投資理財心得。

沒空閒時間結交異性朋友，雖然不急但愛情空白許久，身邊朋友卻老替她著急，「過完今年就三十五歲，不找對象至少先凍卵」，勸憶璇別只想著賺錢，身邊沒心愛的人分享快樂，生活還是寂寞。嘴上附和朋友，可她不這麼想。

憑自信單身的憶璇，在一場生日聚會遇見男友，回想起來那是命運交錯的感覺。他眼底純淨，笑容充滿對世界的熱愛，他對憶璇的興趣並非虛偽表面，是源自內心的連結，憶璇覺得他是不錯的對象，灑脫的她認為，縱然做不成情人，有知音也不錯。

相處過程他給她自在的平靜感，不急不徐與她交流，言語間既幽默又睿智，不像其他男人總愛吹噓，自顧自的張揚著虛榮心，反而展現真實和平凡。工作受挫時，他靜靜陪伴、聽憶璇抱怨訴苦，給予情感的支持，使她感受到溫暖。幾個月相處，她接受他的告白。

然而，不曉得是老天太幽默，還是愛情考題來太快，交往僅一個月，男友被派到上海工作。儘管上海與臺灣相隔遙遠，他們仍努力嘗試遠距，給愛情空間，給彼此機會。

再穩定的愛情，一旦開始遠距離，種種疑慮就開始滋生。男友總抱怨工作忙，而憶璇理解職場上有難處，但再怎麼忙碌的上班族，天天半夜兩、三點還在外奔波工作，隔天早上該如何打起精神上班？憶璇常抱持疑問。

人間蒸發、訊息如石沉大海，身處臺灣的她過單身般的日子，寂寞籠罩房間，與曖昧期的心動形成鮮明對比，她決定申請留職停薪，到上海一探究竟。

憶璇抵達上海那天，是男友搬家的日子，行李箱尚未打開，就開始幫他收拾家中物品，整整一天從早到晚，忙碌處理搬家的一切。眼看窗外餐廳燈光依舊明亮，男友沒問憶璇想法，煮了泡麵給她吃，接著匆匆離去應酬。

後來幾天，男友總有千萬個正當理由，將憶璇曬在家，假日也不例外。憶璇變成自討沒趣的傻瓜，心裡有股莫名苦澀，明明是為了他到上海，卻被當成幫忙整頓家務的清潔員，難不成他認為，她理所當然該承擔這些？

她可以理解事業繁忙，不過在上海這段期間，一旦應酬就失去聯絡，訊息已讀不回，電話無人接聽，晚上六點應酬到清晨六點！她感到匪夷所思，當他酒醉歸來，只輕描淡寫地一句「喝醉了，不知道」，便打發她的探問。草率的敷衍對待，怎麼可能不心酸。

憶璇藉著留職停薪有上限為由，匆匆返回臺灣。冷靜下來後，自知這段愛情並不適合，男友的冷漠令她自尊受傷，她不是為了愛情委屈自己的女生，理智告訴她：該分手了。

沒想到分手後，前男友竟然短短半天，就出現在臺灣試圖挽留她，這跟之前冷漠態度產生強烈對比。曾經，她將最好的自己奉獻給他，而他不珍惜；在憶璇的心裡，他很可笑，自己很可悲。

現在的憶璇認為自己看得相當清楚，一個人過下去是她的選擇，就算身邊沒心愛的人分享生活快樂、寂寞，再也沒人愛也無所謂。

單身許久後交往到的男友，沒多久外派到國外，前去探望卻備受冷落，自知付出沒得到回應，最終決定不再留戀這段不平等的感情。有伴卻孤單，沒做什麼卻讓人失望到底。

所有關係的誕生，都是為了使自我提升，抑或滋潤當下的生活，這份愛情若沒有滋潤、提升，它的出現反而是搗亂生活步調，兩個人在一起沒有比較好，不如一個人生活就好。

人都有最佳狀態，工作忙碌歸忙碌卻令你感到踏實，認為目前沒有虛度光陰，甚至這樣的生活節奏是給你平靜、安定的感受，何不就維持這樣的狀態？

縱使跟你再好的人說服你要脫單，你也要清楚，假裝有好結果對自己而言很殘酷，你本來就不用為別人的聲音改變現在的樣子，況且本來的狀態就很好，適合另一個狀態好的人，而你也曉得維持這狀態不容易，確實需要多點耐心等候。

這段愛情裡可悲的人不是你，為愛情不惜投入心力一點都不可悲，反而很可貴，錯過為愛給出全部的你，他才要感到傷悲，而他只是不必成為你生命一部分的人罷了。

其實不是不想愛了，是不想再受到傷害了，所以要自己隔絕情感、拒絕愛，要意識到用心在任何事都相同，一旦本末倒置不如歸去，寧可想成多花時間看清，也不必看作失敗時時警惕。

遇到糟糕的對象難免失望，再怎麼失望也別絕望，他是你生命影像一幀畫面，何須為了他，停止紀錄往後的故事，**事件已經停在過去，緊捉著過去，等於錯過現在的自己，沒有一個路人值得你這麼做。**

對過去的戀情和委屈告別，對受傷的自己包容安慰，不論有沒有傷，結束的別再糾結，要給自己機會去相信愛，不給自己機會、困在過去，反而會失去更多東西。

在風風雨雨世事裡，別忘了鼓勵自己，相信自己可以克服困難，將鼓勵內化到刻進骨子裡，有些話反覆說久了，它會成真的。接著走該走的路別停下，過好往後的日子。

有時候幸福，不見得是先找到契合的人，而是先顧好自己、開始幸福了，契合的人才出現在生命中；要提醒自己「還有機會愛」，你是特別的存在，配得起更好的愛情，所有經歷是為了活出更圓滿的自己。

對自己真心的人，會吸引到付出真心的人，就算現在只想一個人，也要知道你是有資格再次擁有愛的一個人。

若一方沒保護好這段情，再多配合也是枉然。不要抹滅你的尊嚴，別把委屈看作天性。

愛情裡難免成為傻子，
就算傻，也要傻得值得。

在複雜愛情世界裡，人的情感帶著激情、矛盾和困惑。這回樹洞信箱的故事，或多或少和一些人的經驗相仿。

來信的雅娟遇見一個男生，他們相互吸引，迅速建立起一段愛情。雅娟住進男友家，發現他們家有些傳統的習俗和價值觀，例如每早需燒香禮佛，這讓雅娟很不適應，但入境隨俗地嘗試理解，並尊重男友的家庭習慣。

隨時間推移，雅娟和男友間關係開始摩擦，常為小事爭吵不休。

雅娟覺得男友對她態度有所改變，而男友父母也不太喜歡她在家中出現。就在情況膠著時，雅娟看了男友手機，發現他正與前女友私下聯繫，有意復合；男友發現後大發雷霆，指責雅娟侵犯了他的隱私，斥她沒羞恥心。

陷入內心掙扎中，雅娟開始懷疑自己是否做得不夠好，而導致男友想跟前任復合，她將訊息截圖到樹洞信箱，希望得到建議。

從截圖中可知，男友抱怨雅娟過度任性、容易賭氣、常翻舊帳等等，令他厭煩。他的工作是輪班制的，除工作外他時常和朋友聚會，但不曾帶上雅娟，他告訴雅娟要有耐心，不要因為少陪她就發牢騷，要她做點別的事、生活不該圍繞著愛情轉。

雅娟在訊息中多次央求男友抽出一天陪她，男友卻認為這是挑戰他的底線，不僅提及分手，並威脅表示：「妳是不是想看我真的發飆？會怎樣我也不知道喔！」而雅娟則在訊息中不斷道歉：「別這樣……對不起，以後不敢了……」

除了男友暴躁又不耐煩的態度之外，他的母親也插手他們的感情。她認為雅娟不信任男友，等於不信任這段愛情、不夠獨立成熟，若想成為這個家庭的一份子，就該負起基本的煮飯和整理家務的責任。

不只如此，男友的母親對雅娟從裡到外都能挑剔，嫌她不會說話、不懂禮貌，又抱怨她不常參與禮佛，根本沒打算接受並融入這個家庭！常語帶酸意的對雅娟提到，要是適應不了，就早點分手，成年人談感情乾脆點，死纏爛打抓著沒結果的人沒好處。

對這些嚴厲指責和言語暴力，雅娟不知所措。她不知道該如何應對困境，覺得自己陷入進退不得，想忍耐卻難受的矛盾狀態。

若你希望和愛的人共同生活、共組家庭，評估的不只有對方個人，他的家人釋出的態度也需觀察，是善意、是惡意、是重視、是輕蔑，在在影響著你該不該和對方走下去。

要是你的感受大多都是煩惱和恐懼，就得問問自己，為何要留在這樣的關係裡，現在態度差勁，還奢望日後態度一百八十度轉變？

我們多少會認為感情是兩個人說了算，心中有愛，即便家人反對也能走下去，問題在於男友本身和他的家人，沒有一方對你友善；姑且不論家人接受度，男友甚至跟前任藕斷絲連，這段感情還有沒有愛，已經真相大白，而你也曉得這段關係岌岌可危。

一再忍耐也改變不了「他其實不愛你」的事實，愛情裡難免成為傻子，就算傻也要傻得值得。

愛情充斥言語暴力、長輩情勒、價值觀扭曲、惡意威脅、前任藕斷絲連、刻意忽視，要退讓到什麼地步，才能說服自己接受種種不對等？愛情雖要磨合，但不代表一味隱忍退讓，**無論怎樣的感情皆有底線，包容不等於忍耐，正常的愛情不用你低聲下氣，逼自己無止盡忍耐。**

愛情在燦爛的時候本就有各種樣子，一段順遂的愛情，不只看彼此愛不愛，他身邊的人同樣是你要考量的重點，你的觀感是否舒適，可以決定要不要繼續，若一方沒保護好這段情，再多配合也是枉然。

有時我們是風雨狂瀾中的船，海上無依無靠，在你勇敢為自己做出抉擇，終究能穿越浪潮靠岸。放下不適合的執著，才能體悟到愛的意義，不要抹滅你的尊嚴，不要把委屈看作天性。

真正愛你的人，不會輕易讓你受委屈，就算發生爭執，也會試著站在你的立場思考，哪怕無法解決問題，也願意陪你渡過；**愛從來不是簡單的事，正因不簡單，更需要鄭重對待，把兩個不同的人，變成兩個懂對方的人。**

有時候不是放不下，而是明明已經那麼努力，卻還是功虧一簣。

對自己誠實，
永遠比追究別人誠實困難，
別做委屈的人，
試著做個想清楚的人。

樹洞裡，寄來一封痛苦和心碎的故事。宜蓁和男友工作的領域接近，偶爾會有一起工作的機會，在時間這條長河中共度了十年，他們的關係彷彿被上天安排，像磁鐵一樣緊密地吸引在一起，也歷經分分合合，就像冤家情人。

倘若將回憶用比例劃分，他們的甜蜜時光是十分之三，爭吵佔掉回憶十分之七，宜蓁知道自己愛著，卻也無力著。有次吵架後她一氣之下飛到國外、刻意斷絕音訊，朋友都替他們捏把冷汗；然而每當他們疲憊不堪，總有些力量讓他們重修舊好，彷彿上輩子就註定了這段愛情。

不知什麼時候開始，陰霾層層籠罩在他們的愛情上。男友的晚歸次數愈來愈多，宜蓁開始感到不安，不禁產生了疑心。

在一個深夜男友熟睡時，她偷偷解鎖他的手機，看見了不想面對的真相——男友出軌了。

令宜蓁感到心頭灼燒的，不僅僅是男友出軌，那對象竟然是一名已婚女性，在業界是有名氣的人物；那對夫妻在外界看來是幸福美滿，卻維繫著這段不倫戀情，而且宜蓁和那位女性認識，也曾在工作上合作。

後來，宜蓁毅然向男友坦白已經知情，承認自己因為他的晚歸而感到擔憂，但她也希望男友能跟她坦誠地討論這段感情，如果已經不愛了，她願意離開，讓他追求自己的幸福。

男友深感愧疚，向她解釋這段戀情是不慎發展起來的，他發誓不會再令她傷心，並且表示無法失去宜蓁，懇求她不要離開。宜蓁念在過去的相愛而心軟原諒，唯一的條件是封鎖不倫對象，承諾不再聯繫。

不過，男友以工作為由，表示無法封鎖，但保證只會有工作上的聯繫，承諾再也不會越軌。出於對男友的尊重，宜蓁說服自己相信，希望這段噩夢可以結束。

然而噩夢並未完全終結，不倫對象仍然纏著男友不肯離開，時不時徘徊在他們家附近、在深夜打電話給男友，甚至在宜蓁的 Instagram 上留下令人匪夷所思的言論，彷彿在宣示自己不怕這段戀情帶來的負面影響，擺明給宜蓁難堪。

直到一天，男友因工作需求到外地出差必須過夜，但當他搭乘高鐵到達目的地，卻人間蒸發般失聯。工作結束後，他回家已遠遠超過原定的時間，一言不發地倒頭就寢，彷彿在躲避著什麼；宜蓁內心掙扎，一方面擔心他又去找那個女人，另一方面她也在想，該如何挽救這段瀕臨崩潰的愛情。

宜蓁心裡滿是疑問。她不知道外遇真正的起點在哪，是她不再迷人了嗎？還是什麼原因讓男友找別人愛？十年青春過去，這當中好像只有自己付出，男友的責任去哪了？

她不曉得沒有男友的日子會如何，她希望繼續走下去，也想尊重、信任男友。然而，宜蓁明白這已經不再是一段正常的愛情，雖不想分開，但已經感受到愛情正在支離破碎，她不知道終點在哪裡，又該如何繼續愛下去。

有些事的出現是為了打醒你，好找回自己。委屈的情緒會無限上綱，一個人開始往舊事裡找答案，去執著不可改變的事實，就是推自己陷入可憐的深淵，久了會覺得自己真的是弱勢、無處容身。但是，你真的是弱勢到無路可走的人嗎？

對一個人付出，怕的不是得不到同等付出，怕的是自欺欺人，怕的是對那處處撒野不醒悟、又不斷重蹈覆轍的人心軟，最後忘了自己是誰；嘴上給出承諾，言行一再讓人心寒，又要你說服自己別想太多，這樣的愛，是否自私太沉重？

愛情原本就不是簡單的事。爭論無果，愛到無去向，剩下的是殘破現場，走到這步，根本不知道要從哪找端倪。此時此刻，可能沒人曉得關係破裂真正的原因，距離拉開就是拉開了；有時候不是放不下，而是明明已經那麼努力，卻還是功虧一簣。

修復關係是雙向的，拚了命去修復但對方沒準備好、甚至不為所動，那只是單向努力，兩人終究是反方向。愛情裡你不會永遠擁有對方，可以問問自己，如果哪天剩下一個人，你有沒有辦法自己好好過下去？**我們要醒悟愛情並非全部，即使是一個人，也要強壯到現實打不倒。**

在一段關係裡面，我們從來沒有比誰偉大，你不用強迫自己寬心原諒，或一味的執著誰對誰錯，那都是在綑綁自己，永遠不會快樂的。

愛情就像耐力賽，要調整好步伐節奏才能長久。或許，真的有很多事情超出我們理解範圍，一再詰問自我也是枉然，不如直面解決，該重修的、該償還的就好好處理它；完成自己該處理的之後，若還是得不到結果，就想想未來該怎麼往前走。

對自己誠實，永遠比追究別人誠實困難。生命不可能時時做出完美答案，只能盡量替自己做出最好的選擇，不管你的選擇是什麼，不要等待別人給你歸屬，要看顧好自己，將生活看得重要一點，把寄託放在自己的身上。

別做委屈的人，試著做個想清楚的人。

愛情裡你不會永遠擁有對方，

可以問問自己，如果哪天剩下一個人，

你有沒有辦法自己好好過下去？

你只是正視了問題，真的情感不是用忍受掩蓋嘆息。

現在亂七八糟的也不要緊，
一個人也要好好過下去。

在快節奏什麼都不稀奇的世代，愛情也常令人迷惑。樹洞寄來一封失望又焦急的信，他再次對愛情失去信心。

冠宇怕寂寞，單身時努力地用工作和運動填滿內心空虛，他認為要讓自己看起來更有行情。終於有一天，愛情降臨到他的生活，一切似乎都變得更加期待。

他和男友在 Facebook 認識，雙方家人思想保守，他們的愛情在深櫃進行，雖低調但扎實。戀愛時期唯有知心好友知道戀情對象，其餘朋友一概不知情，社群上從不曝光彼此照片，隻字片語不提愛情，讓他們的感情增添些許神秘感又帶著安心感。

這段感情並不是一帆風順的，兩人常因瑣碎的事爭吵，其中吵最兇的問題，就是男友不願搬到臺北和冠宇同居；儘管他們在愛情上盡力製造回憶，但回憶未必快樂，多次因為同居爭執而考慮分手。

每當發生這種情況，好友跳出來勸和，認為找到一個真正懂自己的人不容易，鼓勵冠宇和男友多試幾次，解決分歧而不是草率分手。然而，這樣的紛爭發生了多次，好友們感到疲倦。覺得這兩人肯定還會和好如初，對於後來的分分合合已經不再激動驚訝。

許多事就像滾雪球，終究一發不可收拾、毀掉一切。一天，冠宇突然向好友群組發送一則訊息，宣佈結束了兩年的愛情，雖是他提的分手，但是這段日子裡敷衍大過幸福，無奈多過狂喜，冷漠蓋過熱情，心裡剩下酸苦，要怎麼說服自己繼續愛？

冠宇強調交往期間沒做對不起前男友的事，而男友在分手後失去理智，背著他傳播了一些離譜至極的謠言和指控。他感到抱歉又冤枉委屈，希望友人們收到誹謗訊息後不要理會、也不要相信空穴來風的話。

他原本以為成年人分手時應該要坦誠面對，分手後仍能保持友好關係，但前男友用刻意抹黑方式來傷害他，行為既不成熟又失去了尊嚴，現在他對前任的感覺只剩下失望，連朋友之間也因尷尬而漸遠。

他焦急又納悶，生活已經夠艱苦，為何還得接受暗箭往自己身上刺？而前男友失去體面又毀了原本的形象，這樣有比較好嗎？

沒人規定磨合期多久，這兩年可能已經磨到底了。相遇未必永遠，價值觀不同硬湊在一起是累的，沒有玩弄感情始亂終棄，你只是正視了問題，真的情感不是用忍受掩蓋嘆息。

愛能載舟也能覆舟，吵雜頻頻的情感讓人退避三舍，關係走進茫然、像一艘洩氣的橡皮艇，是接不住任何人的，想不逃走都很難。那個人帶給你多大的快樂，就帶得來多大的痛苦，某些時刻，愛與傷害就一線之隔，愛一個人就有辦法摧毀一個人。

有的人分手後就是仇人，愛不到就說服自己去恨。對分手後憎恨你的人很難全身而退，愛情裡對彼此的想像不同，怎麼能好好的相處；分都分了要說什麼，火在燒解釋太多、扯太多看起來反而是多餘，愈在意那些怨恨就愈是內耗。

他不知道提分手也是痛的，主動離開，就是親手切斷期待，這不是無痛麻醉，連根拔起怎麼可能沒事。**被分手的一方不一定是被害者，可惜許多人不那麼認為。**

坦誠是困難的，放下原本就不簡單，談放下不僅僅是和解，而是要對自己好。只要是分開必然有傷害，**主動提分手又難被諒解是難受的，至少你沒有逃避，勇敢的去面對，沒因為寂寞而勉強自己。**

每段戀情都會帶來體悟，告別的眼淚只有自己懂多酸澀，事過境遷後，難過了也失望過了，或許該發現這段戀情結束，對自我帶來什麼改變。

或許，沒有人能真正理解你的經歷。這中間沒有人是錯的，是剛好發生在你身上，不要對自己焦急，不要感到內疚無助，不要委屈自己，重要的是你怎麼看自己。現在亂七八糟的也沒關係，因為努力過了，就算回到原點，一個人也要好好過下去。

愛情裡重要的不是對錯，是自己受困了卻渾然不知。別因為殘酷的人而貶低自己，你有更需要追尋的。

痛過才知道誰值得愛，
遭受冷漠才感受得到溫暖。

對一些人來說，分手後痛苦的，是逼自己把過去的愛一筆勾消，好像什麼都沒變，但什麼都變了；縱然有千萬個能見面的理由，卻找不到一個見面的立場。

茹靜寫信到樹洞信箱，傾訴她所苦惱的愛情。她的同事對她示好，一開始她是抗拒的，後來同事沒放棄、對茹靜格外照顧，工作上、生活中無所不用其極地關心，接著她動心，他們約會，開始親密，她的快樂和動力來自他，她的憂愁也來自他。

同事已婚，在他示好前茹靜全知情，卻情願接受這段禁忌戀情。

原本他們認為，既然互相有愛意，說好不給彼此過多承諾與壓力，維持著淡淡的喜歡，淡淡的關係，也是一種愛情，他們維繫地下情數個月。直到有天，她察覺自己被男友封鎖了，沒來由地切斷通訊，一時間不知該如何面對錯愕情緒。

茹靜心裡只有他，容不下別人。她想回到過去那段淡淡的愛情，就算相處時間很短、他們之間的親密不能公開也沒關係，她可以體諒他的難處，要是他能夠繼續和她相愛，一起經歷未來日子裡的愉快和困難就好，她認為自己再也無法找新對象了。

自從男友封鎖她、斷絕通訊後，兩人在職場有如斷崖，失去所有交集，就像活在兩個不同世界，彼此不相往來；她痛苦萬分，夜夜失眠作息失調，開始由愛生恨，可是她恨的不是男友，是自己。

曾經，茹靜找到空檔向男友說話，問他可不可以不理她，至少說出對她冷落的理由。然而得到的回覆，是迴避的「我不知道妳在說什麼」。

茹靜持續來信兩週，這中間除了訴說她難受心聲外，也傳來憎恨自己的證明，一張張照片，佈滿刀痕的手臂，有的疤已淡化，有的疤仍透出鮮紅，看得出來她飽受煎熬許久。

那時她信中提問：「到現在我還是想找他，我的愛是對還是錯？」、「這樣的我是不是很糟糕？」

不該開始的愛情，在這當中欺騙了自己、退讓自己地位、壓抑自己情感，痛心曲折的關係，天天在理智線上糾結掙扎，他若無其事離你而去，但你還留在這裡。

我相信茹靜手上的傷痕，是她對自己最殘酷的提醒，提醒著自己還有感覺、會痛、會渴望、會流淚，只是暫時迷了路，找不到回家的方向。或許，有部分的遺憾來自沒好好地告別，被丟下後帶來的沮喪、孤寂難以承受，迷失了自己也遺棄了自尊。

「我的愛到底是對還是錯？」不論兩個人怎麼愛上對方的，愛的本質從來沒有對錯可言，其實不用外人給答案，重要的不是對錯，是自己受困了卻渾然不知，當萌生質疑的念頭，這份愛就已出現了雜音，答案早就在心中，毋需他人再給出建議。

記得，愛不是消遣，更不是折磨。其實你都知曉，他在你心中舉足輕重，你在他心裡是無足輕重，不聽內心聲音的人，往往是無法快樂的；青春有限，人生有限，別因為殘酷的人而貶低自己，你有更需要追尋的，值得你拿出真心的人，絕不會對你冷漠。

你不是糟糕的，是愛上不適合的人，為愛拚命遮風擋雨，想不到他就是風雨。真心愛一個人，是再幸福不過的事了，你對他真心，理所當然期待真心回報，但他打從一開始就沒想要長久，你嚮往平淡的幸福他給不了，短暫的停留，何必依戀挽留，儘管失去了他，但你沒有失去自己。

陪著你一起勇闖世界的人，不會一味迴避著你，**認清現實比什麼都重要，對自己好一點，別一直逼自己退讓，把尊嚴拿回來，那是誰都不可以奪走的**；給自己多點寬容，難過就澈底傷心，該流的淚不要強忍，完整的宣洩就是對過去最好的交代。

我們都一樣，痛過才知道誰值得愛，遭受冷漠才感受得到溫暖，最後曉得，能拖自己離開苦海的人永遠是自己，想通之後，再也沒人能擊潰你。

不甘心，是還願意相信愛情。你沒義務寬恕他，卻有義務寬容自己。

別重蹈覆轍，
就是對自己最大的收穫。

來信樹洞的惠如是鎂光燈下的功臣，幕後打滾多年，替許多歌手、演員打點妝容；外型清新可愛，論工作、論私下皆散發魅力，可想而知桃花沒少過，不乏追求者。

儘管桃花滿天下，惠如愛惜羽毛，不隨意與工作結識的異性交心多接觸，因為她曉得，愈是吸引人的地方陷阱愈多，誘惑和傷害通常成正比。縱然惠如鐵了心不在職場動情，可心是肉做的，遇到真摯的對象依然會動搖。

那是一場外景通告，在山區。天空不作美，一早就下起豪雨，劇組大票人時間有限不能等，該拍的內容需如期拍掉，決意冒雨工作很是狼狽；惠如專業依舊地替演員補妝，興許天雨路滑不留神，差點跌進山溝，幸好男演員即時抱緊她不至於摔得四腳朝天。

惠如連忙道歉，補妝不成害演員一身濕，演員笑而不語，眼神滿是關心，以無聲安撫有聲愧歉。

不知是實力優異，抑或特別有緣。後續幾次工作無論節目、影視拍攝，惠如總能和那位演員工作，接連幾次後，終於她先開口問，怎麼那麼巧常碰到他，演員回答：「因為喜歡妳啊！」

太赤裸，太直接，太不知所措！惠如雙頰瞬間漲紅，故作鎮定，完成本分工作後草草收拾，一心想逃離現場。

那晚男演員私訊她，談吐間發覺他「應該」不是風流男人，這麼你來我往私訊互動維繫數月，終在勤奮早晚關懷下，她答應他的約會邀請。

約會首次過程愉快，約會二次聊起原生家庭，約會三次沒目的市區散步，約會四次秘境陽光浴洗禮，約會五次闊談理想，約會六次彼此告白，對未來不過度設限，允諾當下的幸福；惠如為他破例，這破例之於她，是真心，是暖心的，他們正式交往，沒說過多承諾，但有說不完的愛意。

然而好景不常，人心難捉摸，口口聲聲說愛，卻說一套做一套。惠如發覺男友一天到晚在ＩＧ跟女生留言聊天公然調情、留下「下次約」這種曖昧不已的話，偽單身將惠如當空氣。

她試過理性溝通、撒嬌勸說，表明這樣會吃醋，請男友不要這麼外放，而得到回覆是：「大家都是朋友工作遇得到，有那麼嚴重嗎？」強調藝人重要的就是人脈、公共關係。

睜眼說瞎話，騙人不懂圈內生存，好似惠如頭一天出社會，說穿就是捻花惹草，處處找備胎，把真情當兒戲玩弄。雖說生氣，可惠如按兵不動，靜看男友荒唐到什麼程度，殊不知根本不用等她開口，男友直接提分手。

近一年的曖昧、不到兩個月的戀愛就這麼夭折。男友分手理由，倒不是指向惠如吃醋，是直接了當表明、尚不想安定，接觸的人太少，工作機會跟著少，想多看這世界，積極發展演藝事業，不願被愛情綁住。

冠冕堂皇，說謊不打草稿，愛玩就愛玩還牽扯事業，好像少了愛情就能一飛沖天，在不認識惠如時，怎沒見弄出名堂？當然這些是心底話，惠如不把場面搞僵。

未滿三月，連試用期都沒到就過保固期，說不難過是假的，再堅強也難受，再愛也要祝福他未來好好對待愛人。終究是失去愛情，不知自癒期何時完結，怎樣的狀態對惠如來說是痊癒？

日日糾結在不甘、懊悔，惠如怪自己輕易被洗腦，怪自己忘了踏進這圈子的初衷，是為了成為無法取代的職人。而今回過神已身在低潮，遲遲沒站起來的慾望。

遇到裝單純的公眾人物，嘗試交往後卻發現對方根本是情場老手，將她當備胎處處捻花惹草，理直氣壯把曖昧說成拓展人脈。他無賴到底，就不必看在眼裡，無賴混帳的人，不值得你再想起他。

認識新對象已經不再是難事，雖然不是你主動找對象，這段愛情是水到渠成在一起，但很少人會在新對象面前展露完整的自己；對象是公眾人物，我們又活在網路社群裡，決定在一起前，觀察期的耐心更需拉長，這麼做是保護自己，減少對愛情失望的機率。

社群是人的替身，觀察新對象，不只看交往前貼不貼心、喜不喜歡自己，觀察對方社群互動的對象和有興趣的貼文相對重要。一個只追蹤異性、熱衷回應陌生異性貼文的對象，往往不怎麼避嫌，未必把你放在重要的位置，不能說這些行為錯，只能說他比較「博愛」，見一個追一個容易動搖，專情在他的愛情裡不是必需品，至少目前看來是如此。

你明白拓展人脈有適合的方式，他偏選擇自私的方式拓展自己，站在人品的立場來看，起碼清楚了他的三觀與你不符，日後避開虛偽、濫情對象就好，留在低潮裡，眷戀過去的情感等於作苦自己。

不甘心，是還願意相信愛情，以為千載難逢好對象出現，破例在所難免；是他偽裝太多令人猜不透，害你陷進愛情泥淖莫名自責，然而讓你質疑自我的，不是愛情。愛，不會讓人受莫名的苦。

為難自己沒好處，你沒義務寬恕他，卻有義務寬容自己，幸好你已從渾沌的愛情中退場，沒糊塗想不通、沒傻傻流落不適合的關係中，有時談愛情前不能過度期待，才不會受太多傷害。

談戀愛誰沒瞎過幾次眼、吃過幾次虧？愛情期待的是兩個真心的人，在穩定下誕生的情感，跟不愛你的人在一起，寧可自己生活；別重蹈覆徹，就是對自己最大的收穫，不要輸給一時的絕望、否定自己，你的理想和目標從未離開，傷心後要長出翅膀，飛得比從前高、比設想的遠，去實現你想要的生活。

人生這座試煉場，比的是心理素質、比誰跑得久，跌倒了就慢慢走，不痛了再繼續跑，重要的是不要離開自己的賽道，受挫委屈就安慰自己，澈底哭一場，心底咒罵幾次傷你的人。

接著，多勉勵自己，對自己多點體貼，終將清楚沒有誰能阻止你走向幸福，你會因為對自己用心，遇見對你用心的人。

輯三

about marriage

就算有了承諾，

有時候也不一定能

一起走到最後。

婚姻

不是擁有愛情就等於擁有幸福，當愛情不再那麼純粹，就不必繼續陶醉。

你只要記得，
心上的每條傷痕
都是你認真的痕跡。

每個人的愛情故事，在生命中扮演的角色都極為重要，樹洞裡是來自唯真的切身之痛。這對夫妻是婚顧界的神仙眷侶，他們在各自的領域裡閃耀無比，卻因為種種的因素，做出艱難抉擇。

國樑是攝影大師，每張作品都是藝術般的傑作，屢次獲得獎項肯定；他以鏡頭見證愛情的美麗，卻在私人生活中，對愛情逃避不坦承。

唯真是婚禮顧問界的翹楚，她能為每對新人設計出最浪漫的婚禮，無論是國內還是國外，都能為其策劃出夢幻的蜜月攝影。然而，在她內心深處，一直有個無法填補的空缺，那是唯真從小到大無法擺脫的孤獨和不安全感。

單親的她自有記憶以來一直在搬家，不斷和朋友道別，極度缺乏安全感，那份孤獨成了唯真成長路上的記號。她曾慶幸自己沒小孩，單身過得舒適就好；直到遇到丈夫，朝夕相處下想法產生變化，她很想、很想和老公擁有小孩。

然而，現實是殘酷的，他們不再年輕，生育的道路並不容易，但是他們並未輕易放棄。

唯真為了擁有一個屬於他們的孩子，付出了極大的毅力。接受各種治療，服用黃體素、打排卵針，一次次在痛苦和煎熬中堅持；這中間她曾經流產過，失去了孩子，但她並未放棄，渴望擁有完整的家庭，替自己填補那長久以來的缺憾。

命運是如此的嘲弄，在兩次試管受孕後，唯真再次失去了孩子，這次打擊讓她無法再承受。更令她傷心的是，在她失去孩子這段痛苦的過程中，丈夫並未在她身旁陪伴，而是在外喝酒應酬；他的理由是為了給她更好的生活，賺錢很重要，國樑雖內疚，卻將這份歉意用自以為的直男方式表達。

唯真的心被無情割裂開，這不再只是關於不解人意，直男也有貼心的，而她要的是關愛和支持，但國樑沒有。

或許那些難過唯真還承受得住，最後壓垮婚姻的，是她想都沒想過的事。在心灰意冷、努力療傷時，她從旁人口中得知，原來國樑在他們交往前曾有過一段情，而女方懷孕、雙方承諾生完後結婚，他卻在生下孩子前選擇離開。聽到這段往事，唯真對自己婚姻的信任和依賴完全崩潰。

後來國樑向唯真解釋，他坦承這些年沒盡到前段關係中為人父的責任，但當初兩人是好聚好散的。但站在唯真立場的感受卻並非如此，那是他的親生小孩，就算大人好聚好散，卻不曾聽他對她提及過，明明在婚前有那麼長的時間可以準備、好好告訴她，而他卻藏起這個秘密。

唯真難過地在信上吐露自己心聲，這不僅是責任觀念，也是誠信觀念，婚姻本質已沒了信任，她又該如何說服自己他們是一對夫妻。

好長一段時間唯真痛苦到無法生活。她認為一再流產，不斷獨自面對身心苦難，是上天要告訴她的訊息，他不是她要走下去的對象；經過一番討論，他們最後做出艱難的選擇，結束了夫妻關係。因為道德觀的不同，看待愛情的角度，也已經不再相同。

所有感情都一樣，缺少了信任、尊重、理解，就無法好好地維繫下去。

在愛的面前，不管多特別、多有能力，都只是凡人；不是有了愛情就等於擁有幸福，愛情不再那麼純粹，就不必繼續陶醉。

離婚在許多人心裡是遺憾和不甘。在一段關係中付出過也相愛過，結束後有複雜情緒在所難免，冷靜思考後，在一些狀態下，兩個人的期待不一樣，離婚這個選擇確實是對彼此都好的，是順其自然走到這樣的結果。

時常覺得「跟過去告別」是生命給的禮物，誠實面對自己的內在需要，割捨不符的價值觀，無論損失或者收穫，那全是蛻變過程，是成長的一部份；降低未來人生中的牽絆，少去不少困擾，也象徵著，距離下個幸福更靠近了一點。

未到的那份幸福未必是愛情，可能是自己的獨享人生，也值得我們歡欣鼓舞，因為得到自己的人生經歷。

曾經看似穩定的愛情，摻入太多問題往往是看盡人心。破繭重生的人通常有些特點，當別人批評，他選擇讚美；面對世俗眼中缺點，他可以想像成優點，因為歷經人性浪潮，對關係裡的聚和散已經能看得釋然。如今破繭了，要不要勇敢點選擇重生呢？

順境中開心的過，逆境中邊學習邊過。日子有好有壞，會累會雜亂；我們不會因為污漬就丟棄整套傢俱，清理過後它依然是整潔的。生活也相同，再紛亂困難，整頓後也能回到好的狀態。

沒有人的人生是不跌倒的，很多人因為感受到難過，才明白什麼是快樂，抓緊裝滿熱茶的杯子，燙傷的是自己；放開心中不愉快的事，不表示它不重要，而是別讓壞的記憶耽誤了未來任何的可能。

對自己好一點，不要因為往事而為難自己。人生有許多事沒有正確答案，你只需要記得，心上的每條傷痕都是認真過的痕跡；世界繼續轉動，現在堅持的努力的，是提醒你在有限的時間裡，為自己好好的活。

順境中開心的過，

逆境中邊學習邊過。

生活也相同，再紛亂困難，

整頓後也能回到好的狀態。

起初走進愛情需要勇氣，告別遺憾也需要那份勇氣。

遲早有天能告別的，
當你想起來不苦了，
就是往前走的。

樹洞這封信是來自瑋琳，經歷一段失敗的婚姻。前夫言語暴力、外遇而離婚，離婚那段期間她頹靡不已，沒辦法工作、沒辦法正常溝通，連基本生活都是煎熬。

她調適了好一陣子，求助心理諮商、勤上瑜伽課，好不容易振作起來，重返職場，認真過日子；再出發的瑋琳曉得，重新練習對自己負責，變成她眼前最重要的事。

然而緣分往往是悄然無聲，在她誓言終身單身、絕不再踏進愛情後，現任男友就出現在她的生命中。

瑋琳是坦白的人，她不想再次受到離開的打擊。在他們尚未交往前，她一五一十說出自己的過去，受挫的婚姻、和前夫生活的七歲孩子，以及她花費多少時間克服曾經的創傷。

沒想到，男友不但不在意她的過去，對她承諾以後的日子一定幸福，沒有驚訝和失望，雖然瑋琳心底認為他話說太滿，可是她承認的確被他深深撼動著。說不掙扎不可能，她下好大的功夫做出的決定，竟被男友攻陷心防。

算算交往的時光，很快地四年眨眼就過了。見過各自的好友、雙方的父母及家人，瑋琳習慣了擴大的生活圈，原本她對愛情的防備心，被男友融化成炙熱的心，她滿足於這樣的戀情、不用刻意思考太遠的未來是舒適的。

一如既往，男友來接瑋琳下班。他一面開車、一面若無其事地說出來年規劃，一句「不然我們明年初先去登記？」脫口而出，直球問瑋琳的想法，霎時她不知怎麼應對，情急說出「孩子還小」這種明顯逃避答案的回覆，車上空氣凝結。

男友替瑋琳找台階，問她要表達的，是不是孩子還小、不曉得怎麼向其解釋？瑋琳頻頻點頭說是。違心之論，沒說的是她想立刻下車。

「那是求婚嗎？還是單單只是隨口一提？這樣我工作要辭掉嗎？孩子被他爸推回來怎麼辦？他在逗我開心嗎？」

「還是，他媽媽想抱孫子？阿姨、叔叔、姊姊們，沒人知道我有上段婚姻跟孩子，他打算先斬後奏？我要自己跟他的家人們說嗎？他會挺我嗎？他媽媽會不會勸退我們的戀情？」

問題像土石流滾滾沖刷過腦袋，沒邏輯地碰撞，變化，瑋琳快把自己逼死。

其實她恨不得馬上和男友結婚，戶政事務所二十四小時營業該多好。但因為自己的過去，心裡始終有過不去的坎，縱使男友接受過去、現在的她，也接受孩子，可瑋琳總覺得對男友過意不去，同時深怕他很久以後可能後悔。返家路程三十幾分鐘，煎熬的像過一年之久。

倘若沒上一段婚姻、沒孩子要顧及，瑋琳可以義無反顧答應男友的求婚，不過如今的她對婚姻恐懼，對未來沒把握，對自己沒自信，像個蝸牛奮力慢爬，但一碰到敏感的決定就自卑地縮回殼裡。

離婚不是瑕疵，有問題的婚姻才是。離開是象徵重新來過的勇氣，不該成為害怕邁向未來的重擔，過去改變不了，但你可以親手建造未來，要捍衛自己認為對的事情，別被過去牽著鼻子走，不要被創傷擊倒。

結婚的確是大事，必然要謹慎考慮，然而考慮的癥結點，不該是過去發生什麼事，應該是你想不想要這段婚姻、他有沒有讓你愛到想結婚？

永遠不要預設答案，問題是遇到再解決的。他之後會不會後悔，不是你要煩惱的，就算要煩惱，也該煩惱你以後會不會後悔。限制性不能太強，否則再好的人都會想逃，人就活這次，去完成你想做的事。

低落時候跟你說現在很好，你也不會信；你在意的不是自己夠不夠格，是煩惱剛好戳中痛處。

經歷失敗的愛情，帶來的影響遠超出我們想像。好好的一個人，揹著長滿刺的回憶，陷入自卑，找不到當初對愛的堅定，親手埋葬了自己；過去的傷害帶來不幸福的經歷，如今離開了傷害，就要開始相信自己有幸福的資格。

結束不代表告別，告別是理性地看待過去，不為了折騰你的人而糾結，不被沒答案的事左右；我們曉得這向來不易，但遲早有天能告別的，當你想起來不苦了，不再失控，對自己沒委屈，你就已經是往前走的，也學會了告別是什麼。

你清楚自己沒有貿然投入，是慢慢說服心裡、穩穩踏出每步情感，付出了、愛過了、傷過了，領悟到了就好，起初走進愛情需要勇氣，告別遺憾也需要那份勇氣。

不要看輕自己，就算別人否定你、不看好你，你也要做自己的後盾。鼓勵自卑的自己，安撫委屈受挫的心裡，擁抱內在的脆弱，你怎麼選擇，答案就會是什麼；掙扎是正常的，因為有想過的生活、想完成的事情，至少你問心無愧，就沒必要擔憂害怕。

人，或多或少在心裡有藍圖，不能抗拒它，要想辦法實現它，一天辦不到就花一個月，一個月辦不到就用一年實現，重要的不是何時完成藍圖，重要的是你不曾退卻，始終沒放棄。

這一生課題很多，你會看得愈來愈多，體悟也愈來愈多。在每次的極限裡累積智慧，在懷疑裡堅定意志，要眼看現在、發覺周遭閃亮之處，因自己的存在而感受美好。

休息夠了，就記得重新站起來，繼續去完整自己。

過去的傷害帶來不幸福的經歷，

如今離開了傷害，

就要開始相信自己有幸福的資格。

人在愛情裡求的未必是永遠，是問心無愧地對待這份情、這個人。

你要清楚自己不會一直輸下去，
只是要時間抽離和重組。

定瑜寫信到樹洞時，剛和結婚多年的先生辦妥離婚。這兩個多月來，反覆說服自己「要放下、要放下」，她覺得已經杵在門口許久，只差抬起腳、跨過就過去了，可她遲遲抬不起腳、跨不過心裡那關。

前夫是高中時暗戀的學長，他們因社團熟識。興趣相投，一起練吉他、玩攝影，成發同組團公演，緊密得很；畢業前夕前夫告白，說知道她對他也有意思，欣喜身邊有她高中不孤單。畢業在即，離開校園不想失去她，問是否願意跟他在一起。

身為彼此初戀，定瑜陪他走很多辛苦路。

熬夜重考大學，為他進同所大學、等他服完兵役、做他的精神支柱；前夫沒弄清楚志向所在，打工好幾年，彼時定瑜已經當了好幾年穩定的上班族，而前夫突然頓悟，想有穩定工作，跑去考公職，陪他考多次終於考上。雖然她實在不懂高普考怎麼考、哪點吸引人，但前夫一心想要，定瑜捨命陪君子，把夜熬到海枯石爛。

工作未滿週年即開始抱怨，說無聊，說薪資結構不合理，成天忙到死，被民眾罵到瘋，主管窩囊得要命，堂堂課長不挺區區課員，總之這份工作好不愛，好厭惡。

後來不知是想通或習慣，沒聽他再抱怨工作多招人怨，反而開始幫忙分攤家務、煮宵夜，像突然多出個老公。稱不上甜蜜，偏向補償作為，但已讓定瑜感到難得的安定平靜。

迥異日常的行為數日後，老公提議分房睡。她不明所以，他沒頭沒尾沒理由，只說這樣「比較好」，可分房睡又沒好到她；接著老公又說感情不適應，想分開冷靜一陣子，在一起七年才說不適合，適應期好久。

那陣子定瑜真覺得是自己出問題，她驚恐不已，來回檢討、做改變和挽留、減少悍氣，但事實不是這樣，是出現令老公願意捨棄一切的人。

機緣之下，定瑜發現他們的合照，藏都不藏，鏡頭躲也沒躲，笑得燦爛、摟得開心，何止心寒，簡直心成灰不剩。第二天，定瑜提出離婚，儘管曉得他們外遇是一、兩個月的事，她相信前夫清楚後果為何，只是萬萬沒料到定瑜灑脫得很。

許多人問定瑜氣不氣前夫？

這問題她苦思好一陣子，氣的並非外遇這行為，是前夫無關痛癢般的處理態度，氣他不尊重這段婚姻；倒沒有因他喜歡上別人而埋怨受氣，在她的觀念中，喜歡的人出現就是出現了，喜歡無從控制，非謹慎提防即能阻止。

她明白，愛情出現裂痕，必定雙方都有問題，不怪他、不怪自己。兩個多月來，感覺已從深淵爬到出口，就差一點點才真的放下，儘管是一點點，心依然是痛的。

要說她不甘放下嗎？不確定。只能確信她未至毀滅，卻被回憶勾著，用冰冷灌溉自己，心裡一根根幼刺抵住胸，死不了但疼痛要命。

沒有人該留在背叛的關係，彼此的相處該是滋潤生命，並非殘害靈魂；拉自己脫苦海，自主離開被傷害的關係，冷靜看待外遇，定瑜無疑是自己的英雄。

定瑜的愛情裡初戀是彼此，她對他不渝的支持一覽無遺，在她觀念裡因為「愛」足以攜手走過挫折、迷惘，因懂各自的脆弱，經挑戰後情感更是堅強，不過這終究只停在她的觀念，對前夫而言並非如此。

前夫作風，要歸咎年輕、尚不懂自己要的是什麼也非不能，如定瑜信中所說「喜歡一個人無從控制」，並非不能離婚分手，是前後順序、尊不尊重人的問題。

隱瞞、欺騙、負義，無一不是泯滅愛情、砸人尊嚴，或許打開天窗說亮話，傷口還不那麼深，可惜非人人做得到。**慶幸你沒因被拋下，而低聲下氣換對方回頭**，糟蹋感情的人，心是揮霍、是野的，有天會為了虧心事而自食惡果。

生活由一連串考驗組成，見到令你失望到底的人性，發生絕望澈底的事情，我們躲不開、逃不走，只能面對和強化自己心理的狀態。你曉得自己正在消化情緒，正在練習釋懷，當你全心想痊癒，卻沒有痊癒的跡象，要問問自己，有沒有允許自己澈底痛過？

有時人要澈底瓦解，才有辦法重生。像比賽分出勝負，輸家感悟了、調適了、修復了，才能回到賽場；你要清楚自己不會一直輸下去，只是要時間抽離和重組。

忍耐很難受，傷就傷吧！這真的很痛，不用忍。衣服乾了才能收，心要痛完才能好，哭過恨過後，再開始修復自己，引領自己繼續前行，無論黑夜多暗，要相信盡頭必定有曙光。

你能做的事只有包容，包容焦急敗壞的心情，重回冷靜的餘地；包容眼淚流下來，好讓自己平緩傷悲。你無需掩蓋什麼，要像你包容他人的心胸去包容自己。

情感無法被量化，沒人曉得支離破碎，要多少力氣重組，沒人清楚心灰意冷後，要花多久時間加溫、上色，但總要跨出那一步嘗試，去深知這一切關乎你的幸福；**有些事承受過了，就得鬆開手，生命終究不是是非題，要自由去作答，申論到內心逐漸明朗為止。**

放下是為自己好，和其他人無關。不管帶著怎樣的心態去捏塑情感，人在愛情裡求的未必是永遠，是問心無愧地對待這份情、這個人，即便沒有走到最後也不失意義，過程如何選擇、怎麼成長才是最重要的。

而你，一直很用心，也做到了問心無愧，不是嗎？

不能把別人視作天，要成為自己的天。再慢也要往前走，要相信雨會停，天會晴，生活會好轉。

堂堂一個好人，
不要怕找不到另一個好人。

樹洞這封信是來自絕望的彥瑜，她結婚剛滿十三年，小孩正滿十三歲，她沒想過自己的婚姻會這麼荒唐痛心。

過去，丈夫幾乎每個月帶全家出遊，自這次春天起，丈夫卻不曾提及，連假到來，取而代之是丈夫獨自出遊過夜；一開始彥瑜沒多想，只覺老公怎忽然多出登山、釣魚的興趣，同好挺熱情，常找他外出玩。

直到夏天，她做了場夢。

夢中她哭得傷心欲絕，老公不再愛她、坦承外遇，毫無轉圜地問彥瑜怎麼想？她選擇離婚、帶女兒離開傷心的家，老公樂得眉開眼笑——她醒來後大哭。

那陣子彥瑜常睡不好，起床心情尤其差，原以為是自己壓力大、多慮才做夢，沒想到那場夢、外遇事件眼睜睜在現實生活展開，丈夫的謊言被她逐一掀開、戳破。她沒料到這場婚姻這麼痛。或許，之所以做那些夢，是源自彥瑜潛意識裡的不安和懷疑。

先生的外遇對象，是位越南來台的女大生。看著 Line 上的她，眉清目秀的漂亮臉龐，婀娜多姿的緊實身材，每張自拍中毫不掩飾青春無敵的微笑，難怪先生會融化。彥瑜不禁懷疑，這些年的犧牲全白費，區區一名年輕女孩，擁有曼妙外表、花樣年紀就打敗了十多年感情。

她讓出。她想離婚。她不想做妻子。

謊言拆穿後，丈夫低聲下氣不斷求饒，說那都結束了、是過去式，拜託彥瑜不要探究，對天發誓絕沒藕斷絲連、絕不因小三跟她離婚，答應彥瑜不再找外遇對象，說謊就從頭爛到腳。

見他意氣風發模樣全消，跪求她原諒，哭求她別離開，彥瑜動搖遲疑；想想過去，想想孩子，她心軟下來原諒丈夫。可她沒想過，失望一時，難過一時，連歉意也是一時。

跨年夜那天丈夫說累，沒陪家人要早睡，卻窩在房間一則一則地傳愛意訊息，甜膩內容的手寫聖誕卡沒收好被她發現，竟還有甜蜜依偎自畫像。太扯！十三年來她沒收過一張卡片，荒唐的是，丈夫沒先急著道歉，反而脫口小三沒錢繳學費、下學期應該就回越南，彥瑜氣急痛斥：「你跟她一起去吧！」

以為他們結束了所以重新相信，信誓旦旦說分手，如今東藏西躲在一起，這要她怎麼相信？要怎麼想才不會崩潰爆炸？

彥瑜想找答案、想積極修補婚姻卻換來再次背叛，想離婚又覺得自己軟弱，連傷心都不敢讓家人知道，一點也不堅強；離婚想法浮現後，先思考的竟是離婚後公婆、孩子誰來照顧？

都到最後了，她還是把自己放在最後。

想先對彥瑜說聲：辛苦了。不要覺得自己不堅強，這麼大的挫折你獨自面對，還不堅強嗎？

人的印象通常是壞的壓過好的，做再多好事，在信任被撕毀的瞬間，記憶有如真空，再多的體貼都是枉然，曾費盡心力建立起的獨特，轉眼化為烏有；跟許多糟糕的事相同，通常外遇有一就有二，別妄想一個人改掉惡習，除非他本人想悔改，否則就是活在重蹈覆轍的關係裡，輪迴再輪迴。

人終究會變的，你清楚他變了，你知道自己變了。回不去從前的美好，關係不再親密，不曉得追究下去會怎樣，沒想過選擇原諒將帶來什麼。

這是毀滅嗎？或是重生呢？

錯愕之下，腦中滿是疑問。想問對方為何如此殘忍？想問對方為何欺騙？想問對方到底還愛不愛你？想問對方「我們到底算什麼？」不適感佈滿全身，坐也不行站也不能，體內火在燒。卻忘了問自己：

你還愛他嗎？這樣的關係快不快樂？知道真相後怎麼想的？撇除孩子跟家庭後的下一步該怎麼做？離開婚姻後生活將如何？現在你要的到底是什麼？衝突後回得去從前的和平嗎？未來是不是必定在懷疑中過日子？

外遇這詞，孤單。沉重。悲情。失落。鬱悶。絕望。恐懼。可惡。負面到底，沒個好形容。不用原諒外遇的人，此時此刻只要想清楚，找出對策照顧自己。

世界這麼大，別一味沮喪困在原地，失望過後要知道善待自己的方式，你將愛給這麼多人，沒多留點愛給自己不是很可惜嗎？為孩子想很好，也要多為自己著想，別用他的錯誤來懲罰自己，將情緒顧好了，充完電後再想想怎麼過接下來的生活。

有些東西植入腦袋後，這輩子再也取不出來，多數與分離、決裂相關。外遇不是悲慘世界，不一定要怒吼痛哭，未必要犧牲糾纏，別把自己看成悲慘無助的受害者，別奢望自己有能耐修復關係，關係是靠雙方的意願發展的，其一方興致缺缺，怎能有好結果。

你有決定權跟主導權，去或留可以自己決定，在婚姻裡你不是陪襯，要記得你就是主角。

事實上，你比自己想得還堅強勇敢，該怎麼做對自己最好，不要猶豫，就選擇那邊，不用擔心選擇錯了，總要先選擇，才有後續可調整、思考，要處理才有結果，隱忍是沒有結果的。

不能把別人視作天，要成為自己的天，就算不小心天垮了，也心甘情願，你永遠是最重要的，不該把自己放在最後考慮。

婚姻很難，這場風雨下你曉得唯有堅定、堅強，才能解決問題。記得做自己的後盾，暴雨中站穩腳步、撐好雨傘，再慢也要繼續走，要相信雨會停，天會晴，生活會好轉。

人生太多難忘事，浮動的人心，多變的世界。堂堂一個好人，不要怕找不到另一個好人，繼續溫柔看待人生，就算走過了荊棘，紋上了傷痕，誠實且珍惜自己的你，依然是幸福的人。

可以回頭看，但不要回頭走，有些路走過一次就好了。

你不是一無所有，
比起失去的苦痛，
相愛的回憶更強大。

佩君寫信給樹洞，因失去丈夫陷入沒有終點的悲傷。

和丈夫初識在補習班，丈夫家鄉是務農家族，自祖公那輩起代代離不開農業，正因如此，丈夫第一份工作是有機農園管理員；而佩君從事業務工作，投身第一線面對消費者、練習應對能力。

她坦言，那時兩人都不愛那些工作，但新鮮人選擇少，初出茅廬條件眼光別太高，多磨練是好事。出社會第二年，他們結婚。

大抵是受夠職場文化，防同事又要看上司臉色，綁手綁腳難過得要命，小孩出生後半年，丈夫常對佩君發牢騷；也許是初戀，也許是信賴，也許純粹是愛，她相當重視丈夫感受，把丈夫的想法視作優先考量。

職場打滾三年多，她認同丈夫職場的不快，有時也覺同事煩，老闆蠢，成天把簡單變複雜、複雜變無解，卻又要她給答案。明明是活動力強的業務，硬要綁她在公司，同時又要繳出業績，佩君對自己的工作，也積累了許多不滿。

有天丈夫請假回老家，回來後興沖沖地跟她說現在農產品如何又如何，總之就是個「讚」字，好到國內外熱銷，遊說佩君跟他一起投身農產業，沒農地耕種就從零售做起，發揚農產品不拘泥格局，心意最重要。

見丈夫興致高昂，佩君不忍心潑冷水，跟隨丈夫向公司提離職，夫妻倆開始在早市設攤賣蔬果，銷售丈夫家鄉的當日直送蔬果；搬貨，叫賣，收拾。早市工作累得很，原本白白胖胖的丈夫變得壯又黑。

正當覺得站穩腳跟了，一場新冠疫情襲來，打得他們的計畫落花流水。市場沒客人、蔬果擺到乾黃、一批一批商品壞掉，沒提前經營網路生意，兩人懊悔得要命，丈夫見事態不妙，向銀行貸款五十萬企圖轉型態，改網路、實體並行經營，放手一搏拚拚看。

事業發展往往無法盡如人意，丈夫東奔西走日漸消瘦，常說吃不下、乾嘔，忙整天回家倒頭就睡，短短數週掉十幾公斤，原本壯碩的體格轉眼乾癟瘦弱，黝黑皮膚轉成蠟黃，炯炯有神的雙眼突然發黃、發直，沒靈魂似的無神。

佩君直覺大事不妙，拉丈夫到醫院就診，結果被判斷猛爆性肝炎，沒等換肝就走了。

經濟狀況差，喪禮是政府出錢辦理的，而佩君無力償還剩餘的四十多萬貸款，甚至沒錢讓小孩吃飯，無可奈何拿死亡證明到銀行抛棄繼承；瞬間成為一家之主養孩子，有苦難言沒頭緒，除了哭和餵小孩，不曉得還能做什麼，她好氣自己沒顧好丈夫。

信中佩君提到，她常問自己：「要是人生重來一次會怎樣？」她篤定無論如何會說服丈夫別想當生意人，她也會認份工作、乖乖領別人薪水，平淡過生活就好，能和他在一起就好。然而這些想法，丈夫永遠不會知道。

如今佩君失去意志，不曉得上天還會奪走她什麼，可是她已經什麼都沒了。

他是你最親的人，對他的一切可想而知看得很重要；心底清楚你很愛他就足夠了，總要想辦法讓心裡好過些。

或許劃分清楚是艱難的，不過嚴格說起來，決定創業的人是丈夫不是你，你是陪著他、完成他心願目標的人，結果是成是敗不再重要，毋需拿遺憾來後悔、對自己責怪，繼續遺憾下去也改變不了什麼，反而要嘗試補償你所剩無幾的意志。

死亡是另一種活著，肉體不在精神還在。沒人能適應面對死亡的痛，留下來的人卻是勇敢的。

過去你對這段關係付出很多，改變生活方式，脫下正裝換上輕便衣服，離開辦公室融入市場，挽起袖子陪他揮汗做生意，你清楚自己對這份愛給出多少心力，何不大方說出「我盡力了」，努力去過新的生活。人要有勇氣誠實看現實，你可以回頭看，但不要回頭走，有些路走過一次就好了。

我們總被迫經歷失去，而失去往往措手不及，偏偏人要從支離破碎中尋回自己，困難卻必要。或許該思考的不是「怎麼走出來」，而是「怎麼和傷痛共存」，畢竟沒有人能徹底走出傷痛，何須勉強自己。

見生命急速隕落，誰都沒辦法承認自己是成熟大人，心碎一樣痛哭，受挫一樣混亂，你知道這不像別人口中「一切會沒事的」，不如先沉澱情緒，震驚，悲痛，憂慮，痛苦，慢慢去感受、去面對，再逐一消化所有情緒。將強烈情緒統統接納後，再回到心上堅定自我，擁住自己。

你毫不保留給出了所有，愛就已成為永恆，就算像雪人在雪季後消融，但凡珍惜過，愛是融在心裡。

你不是一無所有，比起失去的苦痛，相愛的回憶更強大。和你一起留下的都值得緊緊抓住，人也好，空間也好，全是值得珍惜的；不用切斷過去連結，要把過去安放在胸口，在茫茫未知中做你的力量，做你的後盾。

看淡不容易，得要學一輩子，**悲傷無止盡，愛也無止盡，你已經走那麼遠了，要為自己驕傲，即使現在無法陽光普照，你的人生也沒有因摧殘而毀掉，你很努力地活著，就是最大的意義。**

生命終有結束，一旦愛過就不是孤獨，這世上唯一扛得住摧殘的是回憶。

輯四

about myself

這個世界上，

最重要的就是「自己」。

自我

就算世界曾經與你為敵，等傷口癒合那天，你已經擁有了全世界。

體會過現實的殘酷，
會發現在成長的路上，
從來不必賣命，只要盡力。

理想和現實常令人困惑，寫信給樹洞信箱的柏均，也因生活考量而苦惱。他是位插畫家，介於三十到四十之間的年紀，為了生活和未來陷入兩難。

柏均是一名擅長水彩和色鉛筆等媒材的畫家，作品總是能夠給人撫慰，每幅畫彷彿有生命，深深觸動觀看者的心靈。

個人風格創作之外，柏均的客戶大多是文創店家，他負責為食材包裝繪製精美的插畫。雖然這些包裝可能多年不會再改版，要持續有收入必須努力開發新客戶，但柏均並不介意，因為他對自己的藝術充滿熱情，把每一個作品都當成一種珍貴的創作。

然而，柏均的成就似乎與同屆的設計師相比有些落差，他們有的專接國際雜誌，有的在國外公司上班。還在設計產業的人，大多在業界是有名聲和份量的；而他是一名接案的設計師，有些時候心裡是相當在意的。

隱形的差距讓柏均感到壓力倍增，尤其是當他待在租屋的小家時，看著剛出生的孩子和妻子，他的煩惱更甚。柏均和妻子其實不太在意租屋，但父母卻一直對此感到不滿，認為沒自己的房子不可靠、指責柏均的藝術家性格跟躺平族沒差別，是不負責任的父親；長輩的忠告對他來說是隕石，擊潰他的自信，讓柏均深感內疚和無力。

「如果，我的能力再強一點，爸媽可能就不會干涉那麼多吧？」

「怪就怪以前我不上進，要是能再努力點就好了。」

他理解父母的苦心，但收入有限，要買房根本是遙不可及的夢想。每當夜深人靜，柏均坐在工作桌前，看著窗外高樓燈火通明，思考自己有沒有選對了職業；他開始懷疑自己是否太執著於設計這個產業，該不該去公司上班，安穩領著固定的薪水。

他知道日子是自己過的，就算是親人，也不一定能站在自己的立場思考。長輩的話可以參考，不用完全照做也無妨；可是他真的很在意那些話，同時擔心著妻子隱藏自己的委屈，不告訴他真心話。柏均想讓妻子過得舒適快樂，讓小孩無後顧之憂成長，但對現在的他來說，卻是艱難無比。

追夢過程像捏塑中的陶器，隨時能改變大小，經過思考調整成自己滿意的樣子。人總有力不從心的時候，不同階段有各自的感慨；同儕的競爭、家人的不諒解、朋友盲目的指導棋。

我們要承擔的很多，但能力是有限的，無法滿足每個人的期待，只能盡力完成自己的期待。

看著別人的成就閃耀動人，內心激起花火和動力是正常的。但不用羨慕別人，不是你不夠好；一個人在努力的過程犧牲了什麼，只有自己曉得，就算他捨棄尊嚴、委屈自己就為一次表現的機會，也不見得會跟任何人說。要看見的是別人的毅力，不是看見成果後一味的比較。

人的成就曲線有各自的波動，你努力付出，曲線就有辦法推進掀起波動。**我們的一生從來不用別人打分數，只有自己能說過得好還是不好；**問心無愧的過生活，就該理直氣壯、繼續做好現在堅持的事，總有天會證明自己這路上沒白費力氣。

一生當中，要背負的實在太多了。縱然是親人，也沒辦法陪我們走完生命每個階段，不是非得把他們的標準刻在心裡為難自己，也不是把他們的期許當耳邊風，而是從中找到適合的，去改良成為自己的道路，慢慢往喜歡的方向繼續努力下去。

生命賦予許多考驗，有艱難的、有美好的。我們要學會接受與消化，在快樂和不快樂之間，一次又一次堅強成長；體會過現實的殘酷，你會發現在成長這條路上，從來不必賣命，只要盡力。就算世界曾經與你為敵，受挫了、流淚了卻沒有逃避；等傷口癒合那天，你已經擁有了全世界。

遇到難題不是放棄初衷，要想辦法換個方式找回初衷。

人生最難的不是達成什麼目標，
是不後悔曾經的選擇。

樹洞信箱有封來自艾莉的信件，她是一位備受矚目的模特兒，在時尚界是顆耀眼的星，常登上時尚精品視覺形象，走秀時她的優雅和自信，總是令人印象深刻。

不過，艾莉心中藏著一個無法告訴任何人的恐懼，她對食物有極深的罪惡感。在這一行為了呈現完美，得日日自律地控制飲食，緊守一套格外嚴格的規則；她盡量避免高熱量、高脂肪的食物，只吃低卡路里食物和蔬菜，若身體無礙，她連碳水也不吃。

每當她在聚會場合上看到美味佳餚，內心總掀起矛盾情緒，渴望品嚐美食，同時又自覺在背叛自設的原則，一旦稍微破例，享用一點點禁忌美食，恐懼和罪惡感即如潮水湧心頭，使她壓抑不已。

這份恐懼源自艾莉過去的經歷，她曾經體重超標，豐滿的體型成為她在學校的嘲笑對象，受到排擠也作罷，最令她難過的是，連家人也成為同學言語羞辱的對象；為停止不舒服的遭遇，她決意減肥，開始艱苦的體重控制。

這個過程不容易，她花很多時間和毅力才成功瘦下來，重新塑造自己形象。隨年紀變化，對外表要求提升、逼自己更加出眾，與此同時內心也遭受傷害，那些曾嘲笑她的人雖然不復存在，但她的身體對飲食產生強烈的焦慮與恐懼。

每每站在鏡前看自己修長身姿，艾莉總感到自豪和滿足，不過同時也有一種空虛感，一種對自我的不確定感；她不禁開始質疑自己，究竟是為了什麼而做這一切？她所擁有的是否值得壓抑對美食的渴望、犧牲身為人基本的享受？

種種疑問和矛盾在心中翻湧，並非要毅然決然放棄這行業，而是想找到可以繼續的理由。

艾莉的焦慮，是建立在擔心毀掉辛苦瘦下來的成果，然而嚴格管控飲食的生活，對現階段的她而言儼然是種負擔，成為焦慮來源。

自律控制下有成果自信，卻已經開始焦慮，而這項職業是你喜歡的，也是成就感的來源，但付出了這麼多，是否要權衡得與失，才不致於讓自己的堅持處於不安裡。

權衡得失不是意味著放棄，而是在努力和休息之間得到平衡，如同一味灌溉長不出綠意盎然，火候過強煮不出好料理，況且人有耗竭的時候，過度勉強，累了也不休息，**光憑毅力衝刺，忽視身體的力不從心，身心會以同**

樣的方式回應你，再有毅力也不足以支撐失衡的靈魂。

在信中提到了她目前的瓶頸「想找到可以繼續的理由」，或許要回過頭問自己，繼續模特兒這項職業的原因是什麼？

倘若是從中獲得榮耀，其實艾莉已經獲得了，倘若目標是成為更加傑出的演藝人員，那麼講究的不僅是體態管理，該做的不是懷疑自己，而是將更多專注度放在其他的領域，開發出不同的潛能，繼續發展事業的廣度。

我們總會浮現難以消化的想法，**若曾為了過去的煩惱而身體力行改變，現在的煩惱，同樣值得你做出改變**，感受到瓶頸的壓力就暫停衝刺，整理好狀態再次出發；感受到自己疑惑的源頭，就極盡可能除掉疑惑，你一直都有改變的權利。

遇到難題不是放棄初衷，要想辦法換個方式找回初衷。我們的樣子不是來自別人的眼光，自我成長的過程裡沒有簡單的路可走，這世界不管怎麼找，都不會有標準答案，該注重的不是答案，是時時調整前進的方式，重點是在過程裡你究竟開不開心？

人生本身就是不斷選擇的過程，沒有對或錯，對人們來說，最難的不是達成什麼目標，是不後悔曾經的選擇，要清楚因為那些選擇，改變了現在的你，當你準備充足了，就有更多選擇的機會，找回生活的動力。

並非每件事都值得牢記，淡忘難受的事，就是在照顧自己。

願自己每次跌倒之後，
都能從容的站起來。

許多人的生命經歷是艱辛的，想做的事還沒做，就走到中年的門口。樹洞來了一封信，來信者是彥廷。茫茫人海中，彥廷覺得自己一生充滿命運的捉弄，不斷將他推向困境，考驗他堅韌的信念。

彥廷的人生不停遭遇挫折和困苦，學生時代，因為家庭經濟拮据，為了幫助家裡渡過經濟難關，他在十五歲開始四處找打工；白天上課，晚上工作，他的生活節奏緊湊而艱辛。

儘管他努力學習，取得尚可成績，但怕造成家庭經濟壓力而放棄大學。他知道有助學貸款，也知道親友或許幫得上忙；可是家中已經負債，親戚已經提供金援替家中負債減輕負擔了，對於未來，他無力負擔沉重的經濟和人情壓力。

年輕的歲月，本該是充滿希望的，然而彥廷的生活卻佈滿低潮。他進入職場後，面臨高壓的工作壓力和業績要求，他來回嘗試調整工作模式，時而奮力拚搏，時而苦思冥想，可銷售性質的工作談何容易。

在他眼中，硬著頭皮苦撐的這一切是徒勞，當他看到身邊的人開始享受大學生活，放心地專攻學業、盡情玩樂、揮霍青春，他內心的不平跟絕望愈發強烈。

生活的轉變風暴不斷襲來，眼看父母老去仍強撐著經營麵店，甚至動完脊椎手術、短暫休養後堅持開店營業，彥廷認為這樣下去不行，決定轉換職場，尋找新的機會。從收入不穩定的零售業務，轉向朝九晚五的工作，慢慢往上爬，期許自己能給家人穩定的生活。

起初找工作相當不順。學士學位普及，沒讀大學的彥廷處處碰壁，不是說他沒相關經歷、就是說他學歷不足，儘管無奈，但他沒放棄；歷經多個月後，總算有間公司不嫌棄他、願意給他重新開始的機會，縱使薪資低，他也看作磨練。

然而，現實往往比想像中的更加艱難，他發現要重新定義自己在職場的定位，才有辦法站穩腳跟。在日復一日的工作中，彥廷逐漸找到適合的節奏，也替自己增添許多職能，在工作崗位上開始獲得動力和價值，卻常陷入自我詰問；自尊心時而受到肯定，時而受到打擊，他開始懷疑，自己是否真的有能力發出光芒。

當彥廷迎來三十歲生日的時候，朋友為他準備了一個小驚喜。他看著那一支支微弱的燭光，心中卻充滿了複雜的情感。

「同事說我沒上大學，難怪溝通有障礙……」

「沒經濟能力讀大學，真的是個錯誤吧？」

「出身低的人再努力也沒用嗎？」

站在生命的時間軸，他不再是少年。存款空的，感情空的，似乎在他名下全是空空蕩蕩的，心臟的某個區塊也跟著空洞洞的，沒什麼是實際擁有的；他知道感嘆無奈沒用，能累積一分是一分，能存到一塊錢是一塊錢。

只是想到時間過得太快，似乎還來不及做好準備，就步入了三十的門檻，生命的一半全在工作，除了賺錢之外他不懂生活的意義何在，心頭被落寞和不安覆蓋著，遲遲無法散去。

職場上怎樣的牛鬼蛇神都有，有笑裡藏刀的人，就有雪中送炭的人，沒人是輕鬆活著的，大家用盡力氣過著生活，也許笑著拿刀捅你的人，是嫉妒你用心的成果而不看好你；**可是努力的過程裡，未必要每個人都看好。**

自我實踐看的是結果，過程是用來提醒自己，不是用來打擊自己。和別人的起跑點不同，卻能並駕齊驅同場比賽，已經是最有力的自我證明；不要因為別人的一句話，就懷疑過去的努力。

或許現在的你是困惑的，正在艱難的階段。就算有放不下發生的事，也要先放過自己，愈是往好處去思考，遇到的事情愈是正向；不是非得要時時正面思考，而是並非每件事都值得牢記，淡忘難受的事，就是在善待自己。

生活像嚴厲的導師，會出難解的題要我們思考答案是什麼；生活像一把焰火，會照亮未知的路也要我們小心拿著；生活像水，會解渴也能帶來威脅。生活的意義在於我們如何看待它，你珍惜它、體會它的細節，它就會慢慢形成適合你的樣子。

你我都有無力的時候，可以埋怨現實不公，可以感嘆人生太難。重要的是在歷經低潮後，把心思放回自己身上，喜歡的就深入，討厭的就刪除，別因為挫折而動搖尋找更好自己的念頭；要用曾經的難過，換來走下去的力氣，在陌生的世界裡支撐自己。

不要把自己逼到角落，人生追求的不是一路順遂，而是願自己每次跌倒之後，都能從容的站起來；為自己堅強，為自己前進，為各種情況做好準備，用情商做武器，保護好自己。

當你對自己放下質疑念頭，適合的生活就離你愈來愈近。在你明白「盡力」本身就是一種完美狀態，對許多困難都可以一笑而過了。

自我實踐看的是結果，

過程是用來提醒自己，

不是用來打擊自己。

不要讓別人的無知與惡意影響自尊，因為你身為人的善良和價值，早和那些膚淺無關。

不一定要原諒傷害你的人，
但要看開發生過的事。

成長過程裡，有些傷想忘卻忘不掉。樹洞信箱裡一封內容深刻的信件來自文翔，他從小就被自卑感困擾，自卑始於他的學生時代。文翔的體型一直都比較圓潤，在學校裡，他成了同學們取笑的對象，毫不留情地擅自幫他取各種和豬有關的體型綽號，並大開他食量和生活上的玩笑，讓他陷入了難以逃脫的彆扭中。

彷彿是命運的玩笑，文翔的體型並非他的錯，而是基因所致。家族中，從父親到母親，從哥哥到妹妹，無一不是豐滿體型，似乎這樣的身形早在血液中奠定，這使他在遺傳上就注定不容易瘦下來。

然而，學校裡的同學不理解這點，想出各種方法惡整文翔，在他上廁所的時候把水桶裡的髒水狠狠潑在他身上，甚至在座位上，不時出現腐爛的食物殘渣，瀰漫著令人窒息的惡臭，文翔不得不在屈辱的環境下生存，每一天被迫面對惡意戲弄。

長大後，文翔擺脫霸凌踏入社會，每天雖忙於工作，卻無法改變他的遺傳體型。某天，他收到了一個來自以前同學的ＩＧ訊息，邀請他參加同學聚會；他內心矛盾，但最終還是決定前往，因為他認為同學們在十多年後應該成熟了，不再像小時候一樣了。

聚會的那一天終於到來。大家聚首暢談著成長後的生活，各自分享面臨的困難和職場挑戰。在交流中，文翔感到一絲安心，因為大家的成熟讓他覺得曾經的傷害已經過去；然而中途的一個小插曲，他再次陷入過往的不堪回憶中。

在一次離席上洗手間回來，文翔毫不猶豫地喝下自己的飲料。當他舉起杯子的瞬間，餘光注意到同學們眼光全聚焦在他身上，彷彿要將他看穿，突如其來的尷尬籠罩在心頭；他意識到自己可能喝下其他人剩下的食物，「啊！是廚餘……」文翔內心瞬間又感受到在學生時期的痛苦。

同學們發出一陣哄笑，用戲謔語氣反問他是不是在喝「特調」，並要他分享是鹹的還是辣的；文翔無法掩飾自己的尷尬和難堪，只能勉強笑了笑。儘管他表面上笑著，但內心卻滿是狼狽和痛苦。

「哈哈，你怎麼喝得下去？」

「這杯是○○特別為你準備的。」

「想再續杯嗎？」

同學們調侃聲在耳邊包圍他，文翔覺得自己就像一個被放大的笑柄，無處躲藏。他強忍著內心的悲傷，用笑容遮掩住自己的無助；曾經他以為時間能沖淡一切，但此刻披在身上的痛苦是把鋒利的刀，劃破他翻出學生時代記憶，傷害再次被喚起。

「哈哈，是啊。」他整個人被抽空，下意識地附和著。

「我都沒變，他們怎麼可能變。」他在心裡默默地嘲笑自己。

文翔深知生活的艱辛，面對不友善的世界，他多次感到精疲力竭，甚至覺得自己無法再繼續往前走。他曾渴望找到生命的答案，但往往束手無策，陷入無盡的迷茫。

他回憶起自己的童年和青少年時光，那些嘲笑和欺負在他心靈深處留下陰影，也曾試圖透過極端方法改變體態，最終是傷害了自己的身體。

文翔一次次屈服外界的壓力。他知道自己值得被尊重和珍視，可是卻一再被過去的記憶傷害和困擾，他知道挫折只是生命中一小部分，不過自己卻仍遊蕩在過去的畫面裡。

承受著童年傷痕是辛苦的，然而，傷痕並不應該成為自己的枷鎖，反該是強韌的根基，只有你能定義自己是誰。

傷痛和陰影不是你的錯，不用緊抓著回憶不放，也不必偽裝它們不曾來過。別讓傷痕束縛了自己，生命價值無從用外表來衡量；儘管面對無數打擊，但你始終走在你想要的路上，曾試圖改變後的你會發現，最終要改變的是內在，改變接納自己的方式。

曾經為難你的人，現在可能還拘泥在表面，但你已經走得很遠了。你擁有的堅強早超出他們想像的範圍，那是無法被眼光取代的；不要讓別人的無知與惡意影響自尊，因為你身為人的善良和價值，早和那些膚淺無關。

活在世上遇到的人多又多，有的人自以為風趣，其實是無恥；有些人自認高人一等，客觀地說他不入流都嫌讚美了。生命記憶不總是美好的，是由複雜情緒交織而成；疤痕難以抹去，但你可以察覺且理解自己，替迷失的自己照亮夜路，帶自己走出陰影。

犯錯的人不是你，該反省的人就不會是你；不一定要原諒傷害你的人，但要看開發生過的事，每個瞬間過去之後，總要回到平和的狀態。這不是自欺欺人，而是要把難過的看作是最後一次，情緒歸零後重新累積，才會得到不同的體悟，再順利得意的人也是如此的。

這輩子的時間還很多。人生需要送舊迎新，放心離開令你不自在的人，多包容自己的不安，你給自己愈多勇敢，生活就給你愈多快樂；有天你將發現，一面生活、一面喜歡現在的自己，友善的人、適合你的人就會慢慢靠近。要認清，沒什麼比過好現在更加重要。

放心離開令你不自在的人，

多包容自己的不安，

你給自己愈多勇敢，

生活就給你愈多快樂。

有理想很好，用心過日子也很好，給自己一個出口會更好。

最初的你沒有改變，
只是換了條路徑繼續走下去。

樹洞裡的這封來信，她的處境在一部份人的經驗中，也許是相同的。孟涵是一位充滿藝術熱情的年輕女生，她的心一直在畫畫上，這份熱愛驅使她踏上設計科系。然而這條路，並不像她想像中的美好。

在學期間，她的畫作常受到老師批評，有時說不夠理性，有時又說不夠感性。她拚命嘗試融合這兩者，但似乎永遠無法滿足老師的要求；回頭看她的學生時代，充滿塗塗改改、沒一刻像自己，作品總是不盡人意，滿足不了老師，她懷念純粹愛作畫的自己。

以低空飛過的成績畢業後，孟涵進入一家中小型公司，設計部只有她和另一名同事，面對海量的工作，薪資微薄。他們不止要負責公司內部的文宣，也要設計對外的海報、傳單、名片，以及各種想得到的宣傳素材。公司說她是美編人員，不是設計師，別太有自己的想法，照著做就好。

她認為「設計」的意義嚴重被玷污，老闆卻以不友善的態度對待她，言辭刻薄：「要是我會美編，也不需要請妳。」

孟涵也曾嘗試轉職到一家整合行銷公司，負責包辦各種活動的設計工作。她順利完成一次次棘手案件，但仍然遭受公司的貶低和不尊重；做完案子被安排支援活動，活動做完加班趕新案子。孟涵覺得自己深陷無底洞，摸不著邊際也碰不到地面。

日復一日，孟涵的熱情逐漸遭受啃噬。在一個晚上，她獨自到山上看夜景，遠處城市燈光閃爍，映襯得她整個人陷在黑暗中，開始反思自己的決定；孟涵痛恨這個設計界的環境，埋怨自己當初的選擇。但她也知道，滿肚子氣不能改變現實。

她意識到，自己愈來愈無法忍受不友善的環境。在這塊土地上對設計人的態度差勁，至少她遇到的全是不尊重的職場；她深知生存難免挫敗，但她不確定是否能夠持續說服自己，在這樣的環境中堅持下去。

孟涵心想，或許有天能夠成為一名自由接案者，擁有自己的工作室，可她對自身的人脈和能力抱持保留態度，沒信心能獨當一面做全職的自由業者。

對著這殘酷的社會，對當初那個熱愛作畫的自己，她充滿嘆息。她把自己被逼入絕境，遲遲找不到出路；終於在不斷忍受壓力下，孟涵達到隱忍極限，辭去工作什麼也不做，就待在家裡，試圖放棄所有，包括她自己。

光是有愛沒有用，再愛的事物都有過渡期，何況把熱愛注入在職業。熱情的事物飽受現實打擊，熱愛轉痛恨，是否先反問自己，要不要休一場長假、再把心態好好整頓？持續輸出愛和努力，卻沒充電補給能量，是人都會負荷不了。

有時分隔線沒劃分清楚，反而是種消耗，把那麼愛的事當作職業不是做錯選擇，當我們決定把熱愛當做職業、事業經營時，就要有心理準備，理想與現實兼顧本不易，職業事業不可能四季如春；有瓶頸、有荊棘，挫折來襲該怎麼化解，也是在努力過程中必修的學分。

幾年前，憂鬱症選上我。那時候我不信有「好起來」的一天，渾渾噩噩，行屍走肉，質疑世界又懷疑自己，被沮喪淹沒、一再否定人生，對人充滿敵意、拒絕投射在我身上的好意。後來明白，那不是好不好得起來的問題，也不是時間到自然沒事了，而是自己要選擇用哪一種型態活下去。

身在社會裡的我們沒有保護傘，處處面對未知與困難，偶爾確實萌生放棄念頭。不過認真權衡後，會曉得付出和收穫之間是可以互補的，反覆作業會收穫市場需求，加班、跨部門支援中會收穫耐心和技術熟悉度；我們都是邊轉念邊堅強起來的，成長沒有捷徑，是靠一步一腳印，你我都是這樣走過來的。

劃分職業和熱愛也是個選擇，一個做了有收入有人脈、一個做了有成就感可追求理想。**沒把熱愛看作本業，不等於不重視，而是將它放在更重要、更能被善待的位置，既沒捨棄現實，也沒辜負理想**，那最初的你沒有改變，只是換了條路徑繼續走下去。

有些事，有些人，有些話，沒理由放在心裡這麼久，那是你生命中的某一站，一段區間，一塊碎片，幾年後甚至不值一提。不對等的事天天上演，正是因為吃過悶虧，在切換到「自己」這個角色時，要停下紛亂的思緒，多體諒自己，在急速流動的人生過程，別逼自己在原地受泥石沖刷，多嘗試在逆境中拉自己一把。

想追的夢沒有消失，你的人生沒被糟蹋。時間雖無法解決困難，卻能平復煩躁的心，原本糾結的事也多了簡單的可能，時間久了，看的立場也不同了，自然能給我們更多的結果。

有理想很好，用心過日子也很好，給自己一個出口會更好。我們雖不能扭轉現實，至少轉變念頭，不是檢討也不是反駁，反而是找到改變的機會，承接住不同的情緒，對重新開始不畏懼，這是給自己最大的鼓勵。

你不是別無選擇，換個方式一樣能前行，在放開糾結雙手的當下，你已經是打不倒的勇者。

在急速流動的人生過程，

別逼自己在原地受泥石沖刷，

多嘗試在逆境中拉自己一把。

沒有人能在面對難以接受的衝擊時毫不動搖，輸了就是輸了，別再吃一樣的虧就好。

別孤立自己在迷茫中度過，
你依然是堅強的你。

樹洞這封信來自昱翔，他是名事業心重的造型師，二十出頭做學徒，四十歲尾巴做到業界出名。在各大片場東奔西走，國內外飛來飛去不停歇，整個月浸泡在工作裡是常態，伴侶虧他簡直跟事業交往，戀不戀愛沒差別。

昱翔忙不停是因為務實個性，自小家境不寬裕，懂事的他是資優生，用獎學金讀書，聽友人提及「影視幕後好賺，可結交許多朋友」，為了早早賺錢、替家人舒緩財務壓力，選擇造型師這途。

對工作負責，爽朗活潑，嘴甜愛聊天，專業度又高，全盛時期電視轉到哪台都是他做造型的廣告，熱門戲劇結尾跑字幕常見他名字，昱翔是一點一滴把自己給累積起來的。

去年，昱翔形容是毀滅人生的一年。

投資多年的境外基金無預警倒閉，國內上萬人受害，他是受害者之一，聽憑信任的理財專員鼓吹他買多賺多，前後投入資金逾兩千萬，他的人生道路與規劃就此驟變。

伴侶數落他押上人生般地投資，提出分手，而他名車變賣，名錶賤售，名牌包淪落二手市場；本性開朗樂觀的他如今垂頭喪氣，天天哭，得靠憂鬱症藥物控制，曾勸朋友別靠安眠藥睡覺的他，如今沒吃藥就好幾天睡不著，活得像殭屍。

心裡壓力與痛苦沒消失過，原先渾然天成的信心也蕩然無存，對未來愈來愈沒期待。生活天翻地覆震盪，誰撐得住。

那是昱翔這輩子的積蓄，本來準備退休規劃，現在打回甫入社會原型，這下註定工作到斷氣前；拚一輩子的錢全化泡影，他氣惡性倒閉，他氣自己白活人生毀於一旦。

昱翔想東山再起，但以前造型師從業人員少，有口碑好賺錢，時代一直變，前輩不斷灌溉，後輩如雨後春筍般冒出來，現在多是找價格低的年輕人，選擇他的人銳減。

沒從前榮景，現在要拚心有餘而力不足，消息在業界傳開了，大家開始關心他，他知道他們是真的關心不是八卦，可他卻躲起來。

他想站起來，但現況令他難以東山再起，他不堅強卻只能堅強，他並不好卻假裝很好，負能量罩頂揮之不去，被老天爺推入深海永遠浮不出水面，心灰意冷，昱翔認為沒人救得了他，自己也沒救了。

為了家人和未來，此生汲汲營營，忙到忘記生活是什麼，在最需要支撐的時候，卻連自己都不同理自己，沮喪該如何消退。

人生的事永遠沒人說得準，手足無措的事天天上演，沒有人能在面對難以接受的衝擊時毫不動搖。可以沮喪，可以低落，但要在混亂中抓緊自己，別隨失落狂潮沖走，徬徨後要把碎光的勇氣一點一點拾回心裡。

挫敗把人傷得體無完膚，搞砸了往後人生，但被現實賞耳光就夠痛了，還要自我折磨到什麼地步呢？確實，並非任何事轉念就沒事，不是幾句安慰就能起得了作用，正因你親身經歷衝擊，更要在搖搖欲墜時拉自己一把。

那些不可能被遺忘的慘痛，必然跟一輩子，它存在的意義，是要人記牢艱難的自己，在痛楚中換取警惕，不是真的要擊潰你，而是要你在絕望到底前踩煞車。**所謂「沒事」不是沒煩惱，是煩惱依舊在，卻有來一個解決一個的心智。**

輸了就是輸了，別再吃一樣的虧就好，雖然現況不樂觀，然而過去累積的成績不會騙人，你的實力也沒那麼簡單抹滅，它更不會背叛你，相對地重返舞台雖然不簡單，但並非不可能的事，因為你的努力不是假的，是扎扎實實往上堆疊而成，這不就是你最穩固的財產嗎？物極必反，你不會一直在谷底，走到極點必然轉向發展。

現在要做的，是為了日後重返舞台澈底整理自己，將背負在雙肩的負能量慢慢卸下，當你鼓起勇氣一次、就卸下一層，再將有能力、有信心的自己銘記在心，告訴自己「我沒這麼容易倒下」，帶著打不倒的意念，拉自己回到常態，快不起來也無妨，慢速有慢速的風景，你依然是無法取代的你。

身處真實世界，的確許多事沒法重來，因為那非虛構的懊悔、不折不扣的遺憾，使我們心酸後用眼淚醒悟，失敗後用疤痕接受，而現實要我們練習停止逃避，學習面對困境。重新和自己面對面後，再開始替自己療傷。

人是因碰撞而成長的，撞得渾身傷了，結痂厚了，心裡也跟著茁壯。

別孤立自己在迷茫中度過，曾做過的事沒有虛度，你的一切沒被荒廢，人生沒被剝奪，過去的種種會撐起現在的你，現在的振作將替未來引路，走過艱辛困難後，人生跟從前不同了，你依然是堅強的你。

輯五

about work

認真付出的人，

都該有相應的回報。

工作

別覺得離開是放棄大好機會，機會是感受得到動力才成立的。

一個重挫你信心尊嚴的職場，
再多願景恐怕只剩泡影。

這封投進樹洞的信，是湘芸的職場煩惱，進入新公司後，原本好吃好睡的她，現在卻食慾不振，淺眠且惡夢連連，她常在熱忱與困惑中矛盾拉扯。

熱忱是她辛苦累積工作經驗，轉職到更具規模的公司，她認為應該在正好的年紀發光發熱；困惑是組長是個不折不扣的惡霸，為那份熱忱她咬牙死撐，對組長的不滿瀕臨極限，大主管卻怕把事鬧大，無視她反映的職場不公。

有次湘芸在行銷會議上，提案找某雜誌採購媒體露出，運用別人沒做過的創新想法，推廣公司和產品。這份企劃成功引起老闆注意並相當中意，組長跳出來表示，這提案小意思，他認識該雜誌內部幹部，說不定能拿個優惠價，抑或是送個廣告頁，說得天花亂墜，最後在湘芸的提案、組長的「加持」下，決議要找該雜誌合作。

會議結束，組長私下要求湘芸，設法取得他誇口的條件。湘芸錯愕極了，她提起的合作，就是加了點企劃概念的媒體採購案，根本沒把握拿到什麼優惠、額外廣告頁，何況認識幹部的人是組長不是她，怎能畫好大餅丟給她，轉頭卸責？

結果可想而知，對雜誌方而言，湘芸只是拿預算買廣告的陌生人，雜誌根本沒打算給優惠。老闆對這結果不滿意，媒體預算過不了，組長把這一切歸咎湘芸辦事不牢靠，眾目睽睽下說她沒按他的談判技巧辦事，害這案子泡湯，給她揹了個大黑鍋。組長說謊，他從未教過談判技巧。

對湘芸的欺凌不僅如此，他常因看不慣的事將她一人叫進會議室，用盡手段否定她的工作能力，一一挑剔職責細節，數落她做事沒想前因後果，沒報備就擅自執行，根本不尊重他這個組長，直指她這副德性在業界混不下去。

組長命令湘芸，以後所有事先經過他的同意才可往下執行，就算大主管分配的工作也要問他、若其他人有意見也要讓他知道；他強調，這是在給她學習的機會，以前他也是這樣過來的，資歷多達十幾年，資淺聽資深的準沒錯。

湘芸既氣憤又困惑，一來是這已嚴重扭曲她對職場的印象，二來是其他同事對湘芸能力評價不差，為何在組長眼裡一文不值？是其他同事對自己說善意的謊嗎？組長所言才是她真實的工作表現嗎？而他林林總總的要求，又是正常的嗎？湘芸出社會以來沒碰過這種主管。

為此湘芸心生矛盾，這是喜歡的工作，她擅長且感興趣想深耕發展，而組長那些言語、卸責、負評，各個重擊熱忱，她反映給大主管卻沒下文，她對自己、這間公司大失信心，卻仍覺有轉圜空間，認為在公司能學到許多經驗，不想離職，現況是持續吞忍，靜候好轉那天的到來。

進入新環境工作遭受了「職場ＰＵＡ」，高階主管視若無睹這些惡意作為，委屈吞忍職場操控和攻擊，演變成自尊受傷，本來的熱忱被掌權者欺壓到失去信心。忍受權力不平等形同姑息養奸，吃虧的仍是自己。

以為靜靜等候就能改變現況，但欺凌你的人性格不變，高層閃躲問題心態不變，現況怎麼會有變化的空間。

自身遭受的職場ＰＵＡ可以以理性步驟解決，一步一步嘗試解套。先讓對方清楚那些作為是不合理的行為，在他試圖拉你進會議室前先拒絕，甚至可以表明立場「事情可以在會議室外說清楚」，工作有什麼事情不能攤在陽光下？理性地回應，讓他知道你不是呼之則來，揮之則去的下人，展現專業的職場並非古老宮廷，尊重同事也是專業的一部分。

當他眾目睽睽將黑鍋推給你、卸責時，大可在當下把整件事情來龍去脈說清楚，將緣由一五一十開誠布公，既然他沒有顧慮到揹黑鍋的人感受，揹黑鍋的人沒義務替他找台階，儘管這也許會讓別人對你有不同的印象，但至少在沒人幫助你時，你要先選擇幫助自己。

寧可讓別人知道不好惹，也不要做個忍氣吞聲的受害者，因為那不是你該承受的，你只是把該承受的人找出來而已，錯不在你，錯的是卸責又建起不友善職場的人。

若你做出反應，捍衛自己立場後，卻沒有改善惡性的職場環境。縱使你再喜歡這份工作，但這份工作一再令你失望透頂，令你感受不到一絲希望，都該慎重考慮要不要離開。一直待在不開心的地方要做什麼？

一個重挫你信心尊嚴的地方，不會帶來成長，一個不保護員工的職場，再多願景恐怕只剩泡影。

或許你相信船到橋頭自然直，總有個方式能生存在惡劣環境，但我們都沒有十全把握自己是壓不垮的小草，生存下來的前提，是保有自我的良好狀態，在身心受創的情況下，就別再勉強自己撐下去了，正好的年紀，擁有正好的身心狀態，本不該被隨意揮霍。

不要覺得離開現況，天空會因此塌下，不要覺得自己放棄大好機會，機會是你感受得到動力、心甘情願付出的情境下才成立。

你有大好的前程、大好的抱負，就無須擔心沒有發揮的舞台，許多時候人要割捨多餘想法，才有辦法攀爬到更高之處，當你處在身心平衡的狀態，對自己的信心、生活的動力將回到你身上。

生存下來的前提，

是保有自我的良好狀態。

正好的年紀，

擁有正好的身心狀態，

本不該被隨意揮霍。

遇到低潮為自己打氣，一帆風順更要為自己打氣，告訴自己：你真的做得很好。

可以沮喪、可以生氣，
但不要因為別人而開始討厭自己。

微涼的風吹過臺北的街頭巷尾，有位年輕的女生彩瀅寫信到樹洞訴說心聲，她心中充滿了對未來的困惑和低落。大學剛畢業，她隻身來到這座陌生的城市生活，希望在這裡找到屬於自己的機會。

然而，生活並不總是如她所想的美好。找工作的過程中，彩瀅陷入了一片茫然，不知道該選擇什麼樣的職業；無奈之下，只好先在一家開設在住宅區的飲料店上班。

這家店的離峰時段生意寂靜冷清，老闆對她的要求卻極高，希望她能在這樣的時段能帶來可觀的業績；面對新人的無形壓力，彩瀅努力工作拚命學習。由於經驗不足，常常遇到不會解決的問題，她唯一的求助對象是這家店的前輩。

但是，前輩對她冷淡嫌棄，總是將她的問題視為囉唆與無知，不耐煩地回答她，甚至有時還故意不回應，彩瀅受到前輩的冷落與打擊，逐漸對自己失望，開始懷疑自己是否真的有能力勝任這份工作。

「前輩說，不是這塊料就別來佔位子、很礙事。」

「我也想知道自己是哪塊料，但我真的不知道。」

日子一天天過去，彩瀅的情緒一再低落，心中滋生出憂鬱的念頭。夜晚，她常常獨自坐在公園的長椅上，凝望著遠方的星空，感到心中的孤獨與無助。

其實，她的家境並不優渥，家人期許她能帶給家中新生機。可是她卻對自己的發展失望，不知道自己的志向到底在哪，也不知該從何尋起；她認為，在家鄉適合的工作少，和她所學的不相容，也不是想像中「成為大人」的樣子，可是她也不清楚自己想成為怎樣的大人。

出社會前她有許多憧憬，認為努力獲取好學歷，走路可以抬起頭，但出社會後發覺自己的頭愈來愈低。如今的她已經失去當初的熱忱，有的是數不盡的自卑。生活碰到瓶頸，想換工作又不知道怎麼換到更好的環境，她覺得自己很笨，連自己要什麼都不知道。

別因為一個人的批評，就忽視自己過去的努力。工作不免會遇到沒共識、惡意的人，可以沮喪、可以生氣，但不要因為別人而開始討厭自己，也不要因為別人的刻意找碴而否定自己。

彩瀅的經歷中，心會那麼累、是因為把別人說的話拿來為難自己，有的人為反對而反對，眼裡長刺、看什麼都礙眼。跟不講理的人認真，是難過到自己，愈是往心裡去他愈得意。

到頭來你會發現，真正在意的人只有你，耗損自己的人也是你，原地糾結的還是你。

遇到百般刁難的人，你開始用心解他出的題，他反而對你冷漠。**天下那麼大，有那麼多值得我們用心對待，別把討厭的人記得那麼清楚**；不用委屈自己融入他的觀點，人的緣分沒有天長地久，全是生命裡的某個區間。遠離對你惡意的人，把心力花在對自己有幫助的事上。

受到挫折不是不能難過，而是在難過後要消化它。接受跟釋懷，是我們此生要一直訓練的課題；生活偶爾會進入過渡期，很多不順遂，很多討厭複雜的事出現，只有一再地學習接受跟釋懷，才有辦法愈來愈頑強。

對批評不再糾結，看穿針對你的人，學會淡化無視他。當你堅強到一種程度，碰到挫折可以半天就沒事了，就是縮短難過的時間；時間是寶貴的，把時間花在刀口上，去做有意義的事。別忘記，時間飛快地過，生命是不允許浪費的。

很多時候，人會覺得一天天過去，是不是十年後依舊如此？是不是這就是全部了？想起來不免坐如針氈，略顯無助。雖然，想要的生活不是努力就一定得到，但是有期待就有往前走的力氣，不放棄就離理想成真愈來愈近。

無論現在過得如何，是埋怨多過感激，是自在多過自卑，記得支持自己，這是我們這輩子要反覆做的事。遇到低潮為自己打氣，一帆風順更要為自己打氣，告訴自己：你真的做得很好。

無論有沒有人站在你這裡，你總要記得鼓勵自己。

世界不完美但也不壞，壞的是操弄人心的人。真正的成長，是不違背自己的期待。

好人不是好欺負的人，你應當做個受尊重的人。

性格好、願意付出的人，有時未必能有好的結果。寫信來樹洞的俊鵬，他的經歷，或許能道出些許人們在人際關係中的難處。

起初俊鵬進入公司時，充滿熱忱、好學的心態，他透過朋友的推薦得到這份工作，格外珍惜。他負責公司的行銷宣傳，工作態度一直很積極，擁有多項技能的俊鵬，時常熱心地幫助同事，即使是沒人想扛的工作也願意接下。

公司見他勇於承擔，甚至超出職責範圍的事也交給他處理，俊鵬性格溫和，認為互相幫忙並非大不了的事情，只要時間允許，他會盡力完成。

有次，他提出一份宣傳影片的腳本，由於剪輯部門忙碌，部門主管表明至少要等三週，才能完成他的腳本，否則就把案子外包出去。這是老闆交代的重要案子，要求一週內完成、十天後開始宣傳，俊鵬認為需要和老闆溝通意願，協調是否可配合剪輯部門的安排。

他向上報告各種備案優劣勢，但結果令他措手不及，老闆竟大發雷霆，質問他公司內人才橫溢，為何提出外包的想法？外包等同增加預算，強調公司給他薪水，不僅為了完成份內工作，也包括解決棘手的事，剪輯部門忙不過來，俊鵬為何不試著自己製作影片。

俊鵬當時覺得老闆說得有道理，決定趁這機會提升自己。不懂的上網查資料，厚臉皮找朋友學剪輯軟體，連續幾天徹夜工作，總算完成了任務，讓老闆過目、得到肯定後，他便開始接著宣傳。

然而，一週後在會議上，老闆斥責該案子的不足，要求他提出改進的策略，命令他下次必須把影片做得更好，而剪輯部同事冷眼旁觀，竊竊私語，結束會議更沒任何表示，彷彿這一切是俊鵬自作自受。

氣憤和失望接踵而來，他氣老闆不尊重專業、要求門外漢的他剪輯影片、也氣剪輯部門看好戲的態度。其實，他最氣的還是自己，沒有堅定立場捍衛自己，氣自己擔心說真心話遭人討厭，結果是在全體同事前受遭屈辱，卻無力反駁。

職場裡同事需要幫忙，俊鵬從未拒絕，老闆要求做不擅長的事也照做，可在他需要援助時，沒一個人替他說話、伸出援手。對這份工作、這些同事，俊鵬澈底心寒，認為這間公司再也沒有讓他繼續效勞的理由，他決定為自己著想一次，提出辭呈。

離開公司那天，同事聚在一塊紛紛送祝福，期許他日後展開順心的職場生活，其中一位同事，前一秒說捨不得，下秒卻說「那麼好用的人，離開真可惜」，稍早祝福的同事開始你一言我一句，說以後沒人幫忙，再也沒人願意救火、公司失去大愛的員工……。

那些話有如峰利的箭，刺穿俊鵬的耳朵，聽到這他終於確定，公司根本沒人真正尊重他，全視他為濫好人，離職是他在那間公司內做出最重要、最正確的決定。

俊鵬裸辭後心情大受影響，反思自己是不是把世界想得太善良，遇到欺人太甚、要求無度的同事或上司沒能力應對反駁，認為自己不僅是濫好人，更是軟弱、無法替自己發聲的人。

欺人太甚的老闆，躲避責任的同事，俊鵬扛下各種委屈。忍耐帶來壓抑，無法代謝困擾、表達不出的憤怒，在心裡堆積成酸楚；分明是不平衡的職場，仍自圓其說是為自己好，讓步到牆角，不好意思拒絕情勒，直到最後為難了自己，失望的也是自己。

情緒勒索是永遠填不滿的洞，強忍委屈沒有幫助。守本分乖乖做事、力求上進不等於稱職，有同理心也要記得冷靜，去應對不合理的要求，設定清楚界線也是專業的一部分。

在群體裡，別把自己想得那麼重要，**好人跟好說話是一線之隔，有再多好意也幫不了所有人，在你眼裡好的動機，可能是替自己埋下危機。**

職場是賺錢的地方，不是窒息的毒室，適度表達憤怒沒不好，對事不對人，針對事件探究，反而是顯現人的智慧和情商；儘管直接會帶來衝擊，但不帶著傷活著，又該如何成為成熟大人。

世界不完美但也不壞，壞的是操弄人心的人。接納誠實表達的自己，多點冷靜、少點熱情不是缺陷，而是並非對每個人都需要釋出熱情；練習感知自己的情緒，處處退讓絕對沒有好結果，好人不是好欺負的人，你應當做個受尊重的人。

懂得婉拒是一種禮貌，要扛的壓力已經夠多，即便一片好意，也沒義務承擔別人的壓力，**練習拒絕承擔別人的責任，容許有拒絕權利的自己**。

人，都有脆弱的時期，不好說出心裡實話，怕被記上一筆、影響人緣、被取代；在出自好意下，要是熱心、同理心過了頭，會忘記有些事其實是愛莫能助的。再糟的事都會在心裡漸漸模糊，別輕易說自己軟弱，別曲解自己的善良，也別因為混蛋而討厭自己，貶抑自己不會變得比較好過。

真正的成長，是不違背自己的期待，勉強出來的結果不會是滿意的，不要虧待自己。扮演好生活裡不同角色，別忘了還有「自己」這個角色，試試看自私一點地過，照自己的意願過生活，去滿足自己的期待，你本來就有權力重視自己的需求，沒有對不起誰。

你不是一個人，在未來的日子裡努力會被看見的，生活也會愈來愈好的，**我們來到人間，不是要被人隨意對待的，當難過時你不再否定自己，就已經是很了不起的事了。**

在生活裡辛苦闖久了，跌倒失意很正常，宣洩完要給自己多些溫柔，再難過都有辦法撐過去。

無法控制生命的黑暗何時降臨，
但能決定要不要點亮自己的燈。

禍不單行，是樹洞裡這封信的寫照。承翰曾年輕氣盛忽略身體，在中年明白了生活的現實。

四十好幾的他，曾以為自己無敵，性格焦躁又愛熬夜，大啖美食無度，咖啡當水喝，飲食作息不正常，不把健康當一回事，以為年輕時的揮霍不會留下任何痕跡。

一個寒冷的早晨，承翰肚子突然劇烈疼痛，彷彿無形手不停翻攪他的肚子，想想到了這年紀，再想想平時的習慣，身體應是出現問題，索性安排健康檢查安心點。

聽從醫囑清腸胃，折騰整夜後一早到醫院報到，承翰給自己心理建設：「不過是小小健檢，沒事的。」麻醉藥下，聽從指令一數到十，數到二後他就不曉得後面發生什麼了。醒來是中午過後，原本疼痛的胃感受加劇，結果是胃穿孔。

頭一遭在自己身上聽見嚴重疾病，診斷使承翰世界崩潰，擔憂恐懼下仍接受醫師安排，進行胃部縫合手術，得知嚴重疾病他亦喜亦憂，喜是發病在四十歲身體尚能負荷，憂是他清楚日後生活的細節不再是小事，要謹慎度日。

手術後，醫師強烈建議休息一段時間，他替自己規劃兩週時間好好靜養。生病不打緊，在他身上的打擊卻不止一樁，病假沒放完，短短一週後即接到公司通知，要求他開始放無薪假，他根本摸不著頭緒為何會演變成這樣，和人資反應，卻收到「這是上頭的指示」的冰冷答案。

距離動完手術已七個月過去，無薪假未撤銷，可他熟悉公司的待人邏輯，根本沒到虧錢要員工無薪假地步，況且法定無薪假是三個月，交情好的同事透露消息，說公司這是幌子，在他休養期間已找資歷淺的人遞補他，如今只能吃老本，邊養身體邊找後路。

承翰深陷低谷中，病痛降臨、公司背叛的雙重打擊深深地絕望。他曾認為自己特別不可或缺，而現實是冷酷的，承翰感到無奈又憤怒，開始怨這個世界、厭惡社會，看人有難不給溫暖就作罷，竟推人下懸崖，也唾棄自己不夠強大。

站在生活的盡頭，承翰覺得自己被遺忘，被熟悉的人拋棄，成為孤獨失敗者。

意識到自己被落井下石，不是怨嘆命運多舛，重要的是思考現在怎麼辦，不要再回首過去無法改變的事，懲罰自己。

生存不易的世界，用遺憾灌溉自己是很殘忍的，絕望是條沒盡頭的路，這條路已經走得夠久了，換條路才有轉機，這就是人生，看似沒路可走但依然有選擇。

看不見未來是因為你被困在過去，低潮襲來，有天它會退去，在退去之前要以怎樣的樣貌活下去，則由你決定。

被公司放生、被其他人取代沒薪水甚至減薪，在空窗期邊投履歷、邊打工是個生存方式；假設有存款，趁這時期化危機為轉機，嘗試自營也是個選項。苦苦執迷在已發生的事，對自己不會有幫助，開始打算未來才是最實際的做法，**我們本來就不是靠命運活著，生活一直是靠自己去爭取的。**

無法控制生命的黑暗何時降臨，但能決定要不要點亮自己的燈，別一直回頭看，不要怪罪吃虧的自己，也不要輕易丟失自己，把挫敗當成落石砸自己是最傻的，要看作碎石踩著它走，提醒自己別忘記疼痛。

人難免碰到瓶頸，諸事不順無法掌控生活。在充滿掠奪和變數的現實，偶然感到孤立無助，不表示日後遇見的人全是如此，這不是命運殘忍，是險惡的人剛好被你遇到，而你逃不掉罷了。

很難不在意那些無能為力，畢竟面對一團亂，光處理已是難上加難。無論遇到多無奈憤怒的事，在跌跌撞撞裡要再認識自己一遍，明白什麼適合留下，什麼適合調整，替混亂的自己撫平思緒。

一生中面對的所有都有期限，壽命、食物、任何能及的物品皆是，我們體會的「失去」只是期限到了，該汰換了，該重新開始了，為失去停滯太久很可惜，要學會調節心態，認知到沒有什麼是永遠的，擁有時盡力珍惜，失去後關照好自己，就是替自己著想的決定。

我們無須定義人生成敗，「找出合適自己的位置」，對目前來說就是完整的存在，在生活裡辛苦闖久了，跌倒失意很正常，低潮時候可以示弱、可以盡情難過，宣洩完要給自己多些溫柔，再難過都有辦法撐過去，因為這是你重要的人生。

盡責不是一味接受不合理，懂得拒絕也是你的責任。適合你的職場，會讓你找到自我價值跟尊嚴。

在幫助別人之前，
總要先幫助快耗盡的自己。

樹洞裡來了一封訴說現代職場苦悶的信，或許是這個社會的縮影。宥廷身為家中經濟樑柱，極度重視工作，職場裡從不輕視被賦予的責任，不過卻常受到失衡對待。

宥廷是年輕有才幹的員工，負責的範疇無邊無際，應對店內各項事務，產品編號設置、點貨訂貨，甚至搬運重物全由他包辦，此外還需精通電子產品的安裝工程，大小工程皆獨立完成，同時得具備銷售能力。

對於他而言，天天是將能力發揮到淋漓盡致的戰鬥模式，工作的效益可謂卓越，客戶廠商對他讚譽不已。

然而，宥廷在職場內部並不如意，多數時他被迫擁有三頭六臂，忙裡忙外日日不可開交，時程內完成自己工作，還要替同事完成做不來的工作。他像一座支撐眾人期盼的巨塔，卻在崩塌邊緣，能力愈強被要求得愈多，毫無終止線。

他自覺總是為別人活，燃燒自己照亮他人；在他心中，被需要雖是幸福，可他偶爾也渴望停下腳步，多為自己著想。他曾向老闆提加薪請求，卻屢屢遭拒絕，原因是單調整他的薪資，恐怕造成其他同事反彈，老闆甚至對他態度冷漠。

冷漠不僅體現在拒絕加薪，也反映在對待同事的不公正，同事們明顯不如他優秀，老闆卻對他們寬容許多，這使宥廷無奈至極；老闆常在外辦公、老闆娘在家顧小孩，二位沒時間顧店、同事沒能力獨自顧店，宥廷必定加班到老闆回來為止，身心俱疲仍摸摸鼻子撐住。

有次，他向老闆反應同事狀況，得到的回覆卻是「你要多包容同事」，同時對他說教，認為不是人人能力都可達理想狀態，認為他們能力不夠，就發揮同事愛、去教到會為止。

宥廷並非不教導，是因為平行職位的同事不服，一下將他建議當耳邊風，一下對他酸言酸語，要他如何教？

他是善良勤奮的人，明白做人處事圓融的重要性，總樂於幫助他人，在這樣的職場環境下，不斷湧現的是困惑和無力感，他更曾考慮離開這個工作，可念在起初老闆給他工作機會，不願罔顧這份人情，若一走了之，心裡將感到愧疚。

宥廷給出太多，回報卻不符合預期，無奈的心情，沒人願意聽他說，沒人真正懂他。

宥廷的故事並不罕見，公司裡身兼多職，補同事能力不足的缺，卻沒得到應有的回報，不受人尊重，薪資停漲不前，體力累心也累，明明已被壓榨又不被同事尊重，工作量超出負荷。若嘗試反應卻無果，是否要調整職場中的心態，別再虧待自己？

即便不是每種付出都求回報，然而許多時刻你給得多，用心得多，對方只認為你是不計較的人，未必感念你的付出貢獻。習慣了這種相處模式，說不定還覺得這是「應該的」，日後想起麻煩瑣事就找上門，畢竟你不拒絕，正好是他要的，可是這樣的職場環境，是你要的嗎？

自己的工作自己負責，需要同事操心的瑣事，真的不用你花時間為他費心，出社會工作領薪水，不就是給出專業換取報酬？熱心跟實際是可以區分的，說穿了人要對得起自己的薪水，他少做事、你做不完，這就是壞了平衡的原因，雙方都罔顧了這份薪水的意義。在幫助別人之前，總要先幫助快耗盡的自己。

縱使感恩圖報老闆對你的賞識，依然能選擇公私分明切割乾淨，一碼歸一碼。站在專業角度看，在工作領域上帶私人情感是不專業的表現，而你是專業人士，就該付出自己的專業就好，不必將個人情感帶入職場，上班時間認真工作，下班時段全然放鬆，不單是為自己，也是為工作著想。盡責不是一味接受不合理，懂得拒絕也是你的責任。

我們是人、不是工具，進入職場是為了謀生和提升，它絕非踐踏自己尊嚴的地方。**盡心盡力是出自上進，不過要看清對錯、切割沒必要的責任感，**遇到委屈的事，為了職場和諧可能選擇隱忍，但隱忍無法解決問題，只會愈來愈難受。

有責任感、願意做事的人，往往做得多說得少，想長久待在同個職場就必須在其中得到你想要的合理、尊重、回報和成就，替別人著想的同時，不用剝奪自身權益，遇到不合理的要求，果斷拒絕就是救贖自己。若連你對發生在自身的不公也置之不理，誰能料到未來是否會延伸出更加荒誕的職場鬼故事呢？

能力再強、個性再好說話，也別用奉獻的心態工作，有所保留不是自私，而是設下界限自我保護，要明白「盡本分」的意義不是榨乾自己，善解人意不能白白被扭曲好意。

說出真實想法不容易，然而有些事不能心軟，對別人心軟等同對自己殘忍，不快樂的經驗同樣是成長，**該斷、該捨、該離的時刻不必為難，適合你的職場會讓你找到自我價值跟尊嚴**。

就算拒絕別人的要求也無傷大雅，與人劃清權責不是壞事，不管處在何種環境，遭受予取予求對待，任誰都會不舒服，善良不用違背內心、迎合別人，做個有溫度的人也不必受情意綁架，最起碼要讓身心平衡。

我們是人、不是工具，

進入職場是爲了謀生和提升，

它絕非踐踏自己尊嚴的地方。

別中了群魔亂舞的陷阱，不是非得成群結黨才能快樂。你是好是壞、是什麼人自己最清楚。

工作是生命一小角，
沒必要因此執著人生哪裡出錯。

伶怡獨自在辦公區忙碌，窗外陰雨綿綿，這刻她如同被現實擄走自信和尊嚴的人質，為讓情緒釋放，日夜紀錄經歷，在樹洞傾倒自己心情。

這是她在長照機構就職的第二年，起初心懷熱忱，卻漸漸發現這份工作前途非如期待中明亮，飽受無形壓迫，這和她入職第一年升上任主管有關；人生首次被交任管理職，她視為事業成就一大飛躍，卻也是心靈受創的起源，回過神才發覺已身在孤島。

機構編製不大，撇除老闆與業務負責人，整間機構十餘位員工，由伶怡擔任組長，管理基層同事、分配瑣事。

她坦言自己的領導風格多少使同事有壓迫感，機構內她經驗最多，於是她習慣發號司令、要求組員按她邏輯辦公。伶怡明白這對組員而言辛苦，不過她認為，唯有這麼做向心力才夠，管理才有效率，她本身是這麼走過來的。

上任沒多久，老闆發現內部氣氛差，常收到匿名投訴伶怡管理不當，於是開始尋找解決方案。為改善職場低氣壓，決定找新主管來「幫助」伶怡，期盼改變整體士氣，她的職位沒動，不過大小決策須由新主管作主。

老闆這舉動使她很不是滋味，自覺像被拋棄的免洗筷，原本主導的小組瞬間瓦解，同事紛紛投靠新主管自組小圈圈，組員不和她互動，連工作進度也不分享，要她自行看交接簿。

受排擠成邊緣人當然煎熬，她試圖隻身對抗多數，但伶怡明白這局面勢不可擋，她孤立無援被遺棄在一片死水，見對抗無效開始積極地融入，換方式維護尊嚴卻換得言語譏諷，數不盡的冷眼。

日復一日打擊，她的意志逐漸消沉，落入不見底的疲憊，曾充滿熱情的工作，如今變成沒完沒了的痛苦，她投入所有時間心力，得到同事的冷漠背叛，擁有豐富長照經驗，在這一點都不快樂，迷失在巨大迷宮，不知何處有出口。

年過四十，面對重新開始的可能性，內心充滿矛盾，轉換跑道意味著放棄積累的一切，況且這年齡尤其擔憂未來不確定性。

伶怡將經驗化作行動，求好心切幫助同事上手，結果不被領情，反遭潑一身冷水。職場遭排擠、不受重視、年齡焦慮，無一不是難關，胸口苦澀漸濃，日子愈來愈黯淡，認為失去重要的東西，她感到無處容身。

她怪自己接下這份主管職，怪心太急，要是沒這麼求好心切，現況是否就不會這麼狼狽？如今怎麼選風險都大，自覺是艘無處停泊的船，漂流在職場這片孤寂海洋。

在職場能力好，被看重升任主管職，卻因為帶人風格受到反彈，而老闆的處理方式讓她受到挫折，遭到同事排擠。雖然本意是好的，不過身負主管的重責，一面是公司，一面是下屬，容易吃力不討好，也容易忽略「溝通」同樣是能力的一環。

試想自己是醫術高超的醫師，但為病人看診，缺乏有效的溝通，沒有解釋病灶、療程多久，只是開藥，多數人一定會感到不安。

同樣邏輯，你有遠大願景、他人奪不走的經驗值，若沒有適當溝通說清楚緣由，就要求同事用他不理解的思維解決大小工作，他怎會想服下你開給他的處方？跟同事之間當然缺少默契，相處起來當然缺少融洽。

站在同事立場，自己也是專業人士，為何只因職級差距，就必須要求同事對你服貼順從？

主管一樣是員工，工作就是工作，必須不帶偏頗之心看待一切，當主管該顧及的是責任，管理時帶人也帶心是主管要則，該思考利益的是公司，不是員工，份內的事做好就是盡責，顧慮過多、對同事嚴厲會適得其反，令別人誤解你的好意，反而失去你的本意，豈不是可惜了你的熱忱。

群體的情感薄弱，善意不被領情並非誰的問題，大家都有各自的主見罷了，不被理解、遭受排擠，再成熟的人都會失落，但總要在挫敗感後強壯，改變不了事實，至少要穩住腳跟。

一份工作沒必要這麼不堪，出發點是好意就不是錯誤，減少自我苛責和懷疑，本分做好就問心無愧，沒虧待工作、對得起自己就好，別浪費心力在心寒的人身上，一個人沒什麼大不了，最糟糕就是獨來獨往，不影響薪水、不影響資歷哪有什麼好怕的，意志堅決就沒有人傷得了你。

別中了群魔亂舞的陷阱，不是非得成群結黨才能快樂，更別在評價裡催眠自己，你是好是壞、是什麼人自己最清楚，別人思想狹隘不代表你渺小。

愈是混亂的環境，愈要顧好自己，離不開現在的環境，至少先平靜內心，堅強的人是用脆弱換來的，勇敢的人是挫敗挺過來的，某種程度上，接受現實是保護自己，工作是生命一小角，沒必要因此而執著人生哪裡出錯。

不要限縮自己，準備好了就推倒消沉的高牆，告別恐懼孤單的滋味，就算沒有整片森林，你依舊是能遮風擋雨的大樹，因為孤獨過，更能發覺自己的獨特。

看透人情冷暖，你曉得什麼是正確的，會慶幸自己沒變成討厭的樣子，後來會體悟，沒必要一直對人付出真心；懂你的人，就算只有一個也是奢侈的，勇敢是在看清真相後，依然喜歡現在的自己。

不被理解、遭受排擠，

再成熟的人都會失落，

改變不了事實，至少要穩住腳跟。

這輩子擊垮靈魂的瞬間很多，你想在別人的評論中存活，還是在自己的肯定中成長？

我們不是多麼偉大的人，
但要意識到，
自己不是被任意糟蹋的人。

當下職場風氣，常讓人感到無比壓力，樹洞這封信來自浩閔，他的心事或許是許多人心中的寫照。

經歷縮編裁員的殘酷洗禮，浩閔意識到工作態度要再積極，成為無法被汰換的人，唯獨這樣在職場發展才順暢。

追求職場成功的路上，浩閔付出太多。埋首工作時覺得時間過很快，為此他熱血沸騰，他的生活裡加班是稀鬆平常的事；妻子常說早點回家，錯過小孩成長多可惜，沒考慮家人也要顧慮健康。然而老婆叮嚀他當耳邊風，似乎只有不斷進步，才可保住生存資格。

輔入夏季，正逢公司繳交重要資料時期，A型流感令浩閔使不上力，身體如沸水，咽喉埋刺，舉步維艱，肌肉乏力，連臥躺也難受萬分；即便如此，浩閔仍在家中加班，依然硬撐著完成資料，寄給老闆才肯入睡。

一早初醒，恍恍惚惚，浩閔接到老闆電話問他怎麼了，為何整份資料數字顛倒、統計錯誤、預算配比也和會議上說的不同，不懂浩閔傳的這份資料是在做什麼？原以為老闆會因此動怒，他已準備好接受斥責，沒想到訴說完事實後，老闆語氣一變，問他是否需要休息、是不是工作壓力龐大吃不消？

浩閔向老闆娓娓道來，重感冒頭昏腦脹，資料錯亂他十分歉疚，請老闆多給他一點時間，上班前他先至診所就醫，結束立刻到公司、重新趕資料給老闆。

耐心聽完解釋後，老闆告訴他該休息就休息，硬撐只有壞處沒好處，希望他把病養好後再進公司；資料大可請同事支援，強調夥伴是長久的，不樂見公司內同仁勉強自己，更不願員工受壓力而離職，這樣對員工和老闆都是損失。前所未有的體恤及理解，出乎浩閔意料。

一直以來，他的社會經驗是由不好的回憶組起，慣老闆、倚老賣老和甩鍋給他揹的同事、咄咄逼人的上司。縱然出社會十餘年遇人無數，可他從沒見過資方對勞方如此體恤。

確實，他倍感溫暖。不過浩閔也正思考，要是放慢腳步、不勉強自己，會不會有天他將再度遭到淘汰？受到出乎意料的關心，他的心境卻互相抵觸。

浩閔坦言，遇到好老闆是一回事、怕不怕被淘汰又是一回事。對他來說職場沒有真情感，沒突出的表現就不會迅速成長、薪資就不會增加，他要是老闆，原地踏步的人他不留；比起將心比心的公司，他更在意自己飯碗是否保住。

至今，浩閔沒逃脫從前被資遣的陰影，依舊在現職場中逼迫自己、加班到疲倦不敢澈底休息，焦慮之心難以控制，正把自己推向極端思維。

心酸和無力交疊在回憶，影響浩閔至深，埋頭苦幹把「生活」活成工作。被資遣時，或許會聽見灰心的話，難以消散的壓迫如影隨形。不過公司捍衛立場，急於達成目的，為了省成本不擇手段，什麼話都說得出來。不必把過去搬到現在比較，一直回頭糾結過去，現在的自己該由誰來照顧？追求目標的過程，誰沒見過人情冷暖。這輩子擊垮靈魂的瞬間很多，你想在別人的評論中存活，還是在自己的肯定中成長？強迫自己會陷入無限迴圈，沒止境的消耗，怎麼快樂得起來。

困在過去這麼久，對現在和未來的自己不公平，回憶不是武器，別用來刺傷自己，別懲罰自己活在自責和懊惱裡。過勞不等於成功，充滿擔憂、筋疲力盡，這絕對不是成功的樣子，累了就走慢點，暫時不走也可以，活著不用這麼用力賣命。

心靈創傷難癒合，至少給它有出口的機會，沒替自己開窗，光線如何透進來。

相處的人不同，立場和心意不會相同，別對好意潑冷水，別認為世上只有一種人。有人想替你包紮傷口，就不要再翻動結痂，好不容易在平地奔跑，何必把自己往懸崖裡推；**時時刻刻、緊繃地駐紮在崗位上不等於負責，照顧好自己的健康，難道不是負責的一部分？**

人們常為了未來犧牲現在。我們不是多麼偉大的人，但要意識到，自己不是被任意糟蹋的人。也許，忙碌讓人忘記痛苦、忽略孤獨，但再怎麼忙也別失去自己、忘了在意你的人，不管有多少事觸動陰暗面，在萌起恐懼時，記得安慰脆弱的自己；過去已經太辛苦，就別再用尖銳眼光看自己了。

快轉不停的日子，難免失落，難免懷疑，無論日子有多少難關，別忘了體諒闖關到疲倦的自己。先放掉耿耿於懷的責任感，先停下加速的節奏，留下空白時間，和自己好好相處，在短暫放任中練習放下；要相信，暫時什麼也不管，是不會帶來傷害的。

時好時壞的生活中，熬過困難的那一刻，放心去做想做的事，在微不足道的日子裡，去感受你應有的感受，和自己站在同一陣線上。

在萌起恐懼時，

記得安慰脆弱的自己；

過去已經太辛苦，

就別再用尖銳眼光看自己了。

性格再好、再多專業也要有所保留，不求回報換來的是予取予求。

工作就是工作，賺錢就是賺錢，
沒一份工作有資格剝奪你的自尊。

對許多人而言，職場佔去生活大半時間，所費的心思大過生活。樹洞寄來一封快被壓力打垮的信，陷入焦慮而喘不過氣。思穎在這個夏天來到天母棒球場，坐在看台上，注視球場上的熱烈比賽，專程來看熱愛的棒球，炙熱陽光卻照不亮她，她的心情並不輕鬆。

忽然一個熟悉的身影吸引了思穎的注意，那是曾經的同事，已經有段時間沒見面。相比思穎，他容光煥發、眼中充滿愉悅，她微笑著走向他，兩人熟悉地寒暄幾句，在短短的對話中，思穎忍不住向他訴說工作上的苦處。

其實，思穎和前同事的離職日期僅隔半個月，他們紛紛換到新公司，而思穎發現，新工作發展不如她想像中順利，壓力巨大。她住在樹林、工作地在內湖，每天光是單程通勤就要花上九十分鐘，又幾乎日日加班到很晚，當她一踏出公司大門，整個人心力交瘁。

工作任務永無止境般地擴散，舊的未完新的就來，隱形的警示燈從未泯滅，有如時時處於戒備的戰士，即使新工作已半年，她從沒覺得有適應感受，常在急迫中喘不過氣，卻不敢向主管表達壓力的問題，擔憂一旦說出真話，工作就受威脅，只敢向親近的同事吐苦水。

再怎麼忍受終究有極限，有天思穎察覺自己已到極限，決定委託一位資深同事向主管反應她的情況。她心想，這麼做可以減少尷尬，就算主管拒絕減輕工作量，也不至於讓她受到太多衝擊。同事體諒新人，願意幫忙。

委託同事後，幾個星期過去了。工作壓力毫無減輕、反而加劇，甚至假日還被迫回公司加班；週例會上總是感到主管目光格外嚴厲，會議室空氣瞬間凝結，充滿緊張氛圍，句句帶刺，她不禁想是否不該委託同事帶話，是否因此導致老闆對她有所成見，苛刻態度變本加厲？

思穎心知肚明深受上份工作影響，過去她曾被老闆壓榨過度，要她一人承擔三人工作，本職是秘書，卻兼任人資及活動執行，甚至老闆小孩放學也必須接送回家，而她從未拒絕，認為這是忠誠、使命必達，不過老闆沒為此感念，對她「指教」不間斷，言辭嚴厲，話語夾槍帶棒。

現在，對於主管和老闆有層陰影，思穎感到心生畏懼，說不出真實想法，苦衷埋在心裡生繭，不得不將痛苦藏在內心深處，導致做事綁手綁腳，無所適從。

工作環境早已不同，面臨的焦慮相差卻不遠，思穎對前同事展現出從容狀態心生羨慕，做得好工作、顧得到生活，反觀自己滿是喪氣委屈，渴望尋求解脫出口，找到她未曾有過的職場自尊，在生活這片海，拉起奄奄一息的意志。

職場無疑有倫理，但絕非要你罔顧事實，該說的拚命吞下肚，該反駁的卻委屈接受，把自己縮得渺小，還認為這就是工作、這就是賺錢和經驗。

被社會毒打過後，要愈來愈強大，我們不曉得別人在想什麼，能靠的只有自己，人要學會保護立場和底線，換工作仍碰到同樣的職場問題，被上司老闆壓榨，又不敢為己發聲，這是把自己權益一再往後放，直到尊嚴最終消磨殆盡。

沮喪的原因不是你不夠好，是明知道問題在哪，卻沒勇氣解決。然而人是一直成長的，應對能力也要跟著成長，遇待人和善者，我們當然歡迎溫柔反饋，遇到強硬的人得要擺出不同的態度，跟對方好聲好氣恐怕是他愈發強勢的把柄，公事公辦冷處理是種方式，強調一碼歸一碼也是種處理方式。

方式許多種，重點不在和對方鬥智，在你願不願意開始解決面對的問題？永遠要記得，工作就是工作，賺錢就是賺錢，沒有一份工作值得你辜負心理健康，更沒有一份工作有資格剝奪你的自尊。

貢獻度和份量從來不是對等的，盲從不會帶來幫助，或許在你的觀念裡，能力愈強責任愈大，不過性格再好、再多專業也要有所保留，不求回報換來的是予取予求，工作不是燃燒自己成就別人，是要在認真裡找到更好的自己。

在人生這片海，沒人接住你就要自己造船，偶爾人會迷失方向，不要怕漂流也不要沉溺過去太久，為自己堅強、為自己前進，為各種情況做好準備，用情商做武器，保護好自己。

仔細看看現在活成哪種樣子，工作不是用來燒掉自己熱情的。

花很多時間跟內在打架，
不如花時間跟內在相處。

偶爾會思考，是否全部的「施」都比受更有福。樹洞這封來信，不曉得她提起多少勇氣才開始細數自己的經歷。

雅雯回到溫暖雅緻的家，心底是無光彩的黯淡牢籠，一份微波食品是她的晚餐，伴侶正在工作無暇顧及她。這樣的生活千篇一律，就連她的表情也是疲憊不堪，了無生氣。

在基金會工作整整十八年，忍耐線快被扯斷，她心裡有個重要又卻步的計畫，她想轉調到外縣市分部，至少風景優美步調緩慢，壅塞的心能得到一絲疏通的可能，解開內心被困住的種種情緒。

雅雯的渴望不是一時衝動，近二十年來見證太多人生的起伏，很少人懂她經歷過什麼。曾經面對情緒不穩，挾持妻小威脅一了百了的絕望父親；訪視多天沒到學校孩童，破門發現孩子伴死亡多日的母親手足無措。說不完的還有性侵、毒癮、賭博債務……，種種社會底層的痛苦。

想得到的、想不到的，雅雯全遇過，她曉得這是職責也是社會角落，但她跟團隊竭力照亮角落，內心一隅卻沒人能夠真正理解。職業的心理傷害，體制不完全，人力吃緊遇缺不補，跨縣市的過勞，薪資結構封閉，全是使她心力交瘁的原因。要不是這份工作給她使命感，給她「活著」的感受，她不會用盡全力。

多年的職涯倦怠感像把熊熊烈火，快要把她烤乾。她深知倦怠感難以擺脫，是時候要抽離現在的環境，就算轉調談不攏，要離職也可以，去開咖啡廳賣鬆餅她也樂意。

雅雯渴望生活回歸簡單，她期盼晚上可以安穩入睡，不再做惡夢；早上醒來，不再為了別人的家務事焦頭爛額、提心吊膽或傷心落淚。她想要過一個平靜的生活，上班時可以真心在當下努力，下班能夠和伴侶好好聊著工作趣事，進入夢鄉可以睡得踏實，就算傷心也是為了自己的事而掉淚。

七年來伴侶一直是她堅強的支持者，不論是家庭的困擾，工作的奔忙，還是中年後的情緒波動，她的伴侶總是試著理解她，陪伴她，成為她的摯愛和摯友。

正因如此，雅雯知道這個轉調計畫，不僅僅是她一個人的決定，她向伴侶傾訴這段歲月心裡承受的種種。伴侶理解她心裡的傷，答應轉調的決定，倘若想做其他的行業也全力支持，確保經濟不會成為她們之間的矛盾。

放棄快二十年的積累，面臨極難的抉擇，等同將一切歸零。站在人生的抉擇路口，雅雯的心在矛盾和掙扎中搖擺不定。

想治癒別人之前，要先治癒自己，否則很容易失去自我。替人著想的個性，日復一日過著氣力散盡的日子，責任感綁住自己，傷的不只身體，還傷了曾懷抱不服輸的自己。不要辜負自己，不要被痛苦尾隨餘生，人來到這世界不是沒原因的，階段任務結束就要前往下個階段。

追求自己的幸福，不等於拋棄受苦的人。不斷在擔心別人，就無法細心照顧自己，再有能力的人都有負荷的範圍，不能因為責任就放任自己破碎；沒有虧欠任何人，包袱就不在你的身上，把忍耐線扯斷是沒幫助的。

在工作上太投入而消沉，拚命壓抑陷入了惡性循環，忘了生活和工作的界線，模糊了責任和憐憫的區別；就算被忙碌的時間推到快失去自己，也要喚起初心，撥出喘口氣的時間，仔細看看現在活成哪種樣子。工作不是用來燒掉自己熱情的。

看不出的情緒勞動，吞下痛苦換來帶著噩夢的成就，這樣的日子多半是消耗自己。環境中必定對我們懷抱各種期許，人生走到這費了幾番波折，擦乾淚一再勉勵自己也學到了不少；沒辦法滿足每個人的期盼不是錯，只是劃清了歸屬線，才有機會看清楚自己的樣貌。為自己的人生負責就夠了。

不管路徑怎麼走，都是在前進。人生在必要時會刮起風，別擔心風摧毀你，順著風走就是順著心走，這就是一種重新開始。

成熟這條路上我們誠惶誠恐，時間毫不留情就來到這，偶爾感嘆沒多抽時間好好陪伴自己。然而過了就過了，再難再煎熬也挺過來了，那是該驕傲的，也是該告別的，也許現在是揮別慣性犧牲的最好時刻。習慣傾聽人說話，也要對自己好好說話。

無論如何，必須尋找那片屬於你的安寧。花很多時間跟內在打架，不如花時間跟內在相處，安撫那被啃噬信心、心存懷疑的自己。陪著陪著，能夠把緊湊人生漸漸緩下來，就夠了。

一路以來辛苦了，你沒缺少什麼，是少一份往前的動力。

用時間擦亮眼前的路，
別用時間消耗珍貴的意志。

虐心的職場，不友善的工作環境，樹洞裡這封投稿信，是現代職場的縮影，縱然常見，但遇到時依然無能為力。

琴宣自認不再年輕，在職涯上不斷產生迷茫籠罩著她，不確定自己的定位、不知道自己究竟能夠做些什麼，她很想努力，卻不知要怎麼開始努力。

近期透過熟人介紹，進入公家機關工作。雖然這份工作穩定，休假時間固定，薪水算過得去，不過工作內容始終無法給予她成就感，滿足不了她的求知欲，提供不了任何動力。由於本身是職場菜鳥，單位不讓她參與任何案子，所做的工作令她感受自己像打雜的，列印文件、招待賓客、整頓盤點公司物品資產等等。

旁人不說，在同事眼裡老是透露出「你就是個菜鳥、要你做什麼就做」，毫無能力可言。工作帶來的自卑感，深深困擾著琴宣，她經常保持低姿態，願意應付任何事情，只為避免被人討厭或排斥。

職場上的眉眉角角，常流露出微妙氣氛，使琴宣難以掌握。她不擅長人際互動，有時候加入同事的談話，卻發現氣氛在她進入後轉變得冷冷清清，彷彿是她打亂了某種平衡；有時候，當她提出自己的想法或觀點，往往會遭到輕視的眼神。她好奇大家有話為何不直說，總要繞很大圈、搞得她像個蠢蛋。

現在覺得，每天都要踏進這個職場是一種折磨，需要耗費大量的精力說服自己，才能專注完成工作，即便事務稍微上手了，上班時仍常常冒出質疑，不確定自己究竟能做些什麼。

琴宣曾和母親聊起職場話題，盼望得到家人的支持和安慰。

然而在她敘述完職場中的遭遇，母親說她太敏感、想太多，哪份工作不辛苦，年輕人不多磨練以後怎麼撐下去。聽母親一席話，如聽心碎的聲音，鬱悶又被放大了一次，種種告誡是尖銳的針，再度刺穿琴宣。

這樣的迷茫深深絕望，內心無力充滿著困惑，陷入一場掙脫不了的暴雨，風吹雨打之下，將琴宣的意志沖刷得所剩無幾。

職場上毫無存在感，每每回到家、望著黑夜，胸口總冒出陣陣憂鬱，在不斷質疑自我能力、價值中難以入睡；獨自承受的滋味不好，但她沒朋友可以訴說，日夜加重沮喪，讓琴宣溺了水，想游上岸卻無能為力。

人，很難不在意他人投射來的言行，處在團體裡一定遇得到糟糕的事；心灰意冷的事再多，都要專注在眼前的一切，不要被沒來由的兒戲，左右了思緒。

被冷落事小，自信毀滅才是可怕的。職場是場馬拉松，考驗能力、考驗耐性，要客觀的認知，領的是職場的薪水，不是同事的薪水，不能光在意別人，總要做點什麼；不直話直說，言行俐落可以是你的回應方式，被忽視看輕，你可以上心上進，你穩住底氣，閒言閒語就沒那麼在意。

生活一點也不輕鬆，花時間討好，不如默默累積自己的能力，要用時間擦亮眼前的路，別用時間消耗珍貴的意志。

不要一味顧著別人怎麼看、怎麼想，太過在意別人的想法，對信心是種打擊。建議若沒有建設性，說穿了不過就是批評，不必硬要接納不屬於你的思維。能做的儘量做，前提是不委屈自己；不是每件事都要有情感，沒情感的工作也是種鍛鍊，一方給薪水、一方給能力，彼此互不相欠。

有時候，騎驢找馬不是對工作消極，是替自己做好打算，永遠要給未來的自己多一個選擇；對現況不滿，就要做些改變，人不能改變環境，能變的只有自己，要在澈底墜落前，伸手拉住點什麼。

出來工作會累，但要累得有尊嚴，忙得有意義。一路以來你辛苦了，誤解了自己的迷惘，錯怪自己什麼都做不好。其實，你沒有缺少什麼，只是少一份往前進的動力。

也許，我們曾經孤立無援，等待被誰拯救高塔裡的自己。當日子愈活愈糟糕，遇到的人愈來愈爛，有數不完的不公平對待，難免對世界失望；當信手捻來的煩惱，逐步拆毀我們的生活時，別忘了，寄予厚望的拯救者，是我們自己。

野心沒有正確答案，只能找到平衡點，做人若不踏實，擁有再多能力內在還是是空的。

兜兜轉轉一大圈會明白，
不用卓越出色，
有自己的顏色就夠了。

樹洞裡來了封懺悔信。睿恩曾是鋼琴樂師，以接活動以及授課維生，有過駐唱經驗，自彈自唱成賣點，歌藝不在話下，活動邀約眾多，婚喪喜慶常見她的蹤跡，陰陽皆收，好不平衡。

她苦心經營社群，真摯文字幽默逗人，分享職業點滴備受歡迎，堪稱樂師界網紅。睿恩相當賣力經營自己，除睡眠時間外，全在拚事業，業界裡雖不算大師，勝在價格合理、為人熱情，積極主動找資源，可悲慟、可溫馨，是個氣氛高手，口碑相傳到案子接不完。不過一天時間有限，頂多兩場就額滿，預約她的時段要憑點運氣。

也許是專業卓越，多人向睿恩拜師學藝，一位學生見她忙趕場，南北臺灣跑透透，主動提議充當司機載她，外加現場觀摩臨場反應。

然而這世界常誘發人性測試，一次疏漏下，睿恩在同天同時段竟接了兩場尾牙，她一時心急、遊說學生代打，以小紅包作酬勞。學生見事態緊張，不忍她為難、硬著頭皮答應。

有一就有二，睿恩嘗到甜頭後心起歪念，打著「給機會」的名目，三番兩次要學生代打。幾次下來，學生知道自己被當工具人，心生不滿，在一次婚禮上鬧失蹤。新人少了伴奏和獻唱，節目直接開天窗，怒火沖天地狠罵睿恩好幾回。

以為出洋相能使睿恩收斂，殊不知她依然超收客戶，不知收斂地屢屢以荒唐理由「爸中風、孩腿斷、姨過世」作藉口，換湯不換藥地由更多學生代打；而學生不是遲到、技藝不足，就是忘了案子在身，讓活動鬧笑話。

這下天地難容，客戶上網爆料，受災戶們紛紛控訴她斂財詐騙，毀人重要時刻，公開睿恩個人資料、與友人的合照、暴露家人長相、揭露收錢蒸發、學徒上場代打、各種賜死家人的搪塞理由，對她採取法律途徑，就算告不成也要她社死到底，該來的終究到來。

友人受池魚之殃，和仇人們一起炎上了睿恩的專頁留言板及訊息，她如同困進透明塑膠袋，看得見世界，走不出外面，快活活窒息。

睿恩曉得這是自找的，怨不得人恨不了誰，不得已火速發表聲明，自己業務疏失害人不淺，盼外界給她多點時間賺錢、賠償受害者，央請饒過親人朋友，親友何其無辜，跪求各界高抬貴手，別波及他人。

虧欠的事總得解決，風波後睿恩失去業界信任，隱姓埋名從事其他行業，收入和從前天差地遠，一點一滴賺錢、還錢，能還一筆是一筆。如今她沒了過去的銳氣，企圖心全無。

嚐到苦頭的她非但社死，過往的意氣風發也不再，不奢望受害者原諒，僅盼早日還完錢，重返舞台。

濫用技藝優勢嚐到苦果，浪費掉過去幾年的苦心經營，信用消失不知何時能重回舞台，親手打造自己，卻也親手毀掉自己，意氣風發時，手裡捧著金飯碗，衰頹消沉時，連生鏽飯碗都沒有。

輕蔑自己的蓬勃期，即是搬石頭砸自己的腳，自作自受；貪婪能使人墮落，陋習有一就有二，用盡心機賺黑錢，以激進態度玩火自焚。

人生來就有欲望，野心和貪婪是一念之隔；人往高處爬，積極追求更多、想邁向成功不是錯，錯在動了貪念傷及他人。錯了就是錯了，別去包裝藉口，不要污名化欲望，不能自以為耍手段就能成功。

就算一心想成功，也不能用陰謀獲利，倚仗優勢就心生邪念，總有猛烈反撲的那天。

焦慮時代或多或少被野心左右意志，看他人功成名就，不甘滯留原地很正常，但生命順勢而為才能匯聚成河，逆勢而行是短暫花火，綻放即殞落；路正走得才長遠穩健，走偏路是在鄙視自己，不可能有好下場。

我們都犯過錯、後悔過，漫長人生裡最後悔的是：我本來能選擇別的。

野心沒有正確答案，只能找到平衡點，有把握的事再去做，否則會換來不好收拾的局面，做人若不踏實，擁有再多能力內在還是空的。

現在該想的不是「何時能重返舞台」，要想的是「大家要不要給你舞台」，活這趟旅程，沒這麼多機會再來一次，要清楚自己在做什麼，事實已經發生，慘痛過後，被教訓打趴了，要有反省的念頭、再站起來的毅力。

若你確保不會再犯，真切反省後除了原諒自己外，更要有等待別人重新給機會的耐性；重建信譽、由黑洗白本來就不容易，沒人會輕易相信說謊成性的人，起初花多少時間經營，如今就得花多少時間重建，世間運轉的平衡是不會說謊的。

不能只以利益為中心，並不是想做就什麼事都能做到，沒有善良本質一切是空談，才華和良善要並行，才不至於被蒙蔽雙眼。**要做自己的鏡子，視過去作警惕去改變未來**，別人原不原諒是其次，重要的是深刻反省，找到原本初衷裡的自己，才有辦法去重新開始。

生命是永遠在開發自己的過程，沒有最好的選擇，只有適合的選擇，兜兜轉轉一大圈，你會明白，其實不用強求卓越表現出色，有自己的顏色就夠了，時時提醒自己，做人要有良心。

輯六

about family

在人生中，

最難解也最深刻的關係。

家庭

生命本身就是帶著缺口過日子，換個邏輯思考，心中會舒坦許多。

成長到某種階段會人間清醒，
知道不是所有過程
都要完整才算圓滿。

人生在世很多事難以梳理清楚，投信到樹洞裡的，是為母親抱不平、替母親心酸的品妍。

她的母親是養女，在品妍孩提時期，一到週末母親便帶她回外婆家，這是她印象中相當快樂的日子，外公外婆熱情款待，滿足小孩一切期望。但外公過世後，印象裡的快樂卻逐漸變調。

母親剛結婚時，外公私下給母親一間房。外公過世後，外婆忽然要求收回房子，並說親生父母沒給過什麼，養父母更沒理由給她這些，母親向來孝順，沒多說和反抗，聽外婆話過戶給大舅。

這和品妍記憶中的外婆相差甚遠，她知曉母親再孝順終究抵不過親生血緣。

外公走了後，外婆獨居在兩層的樓中樓，母親擔憂老人家爬樓梯危險，問要不要搬到舅舅家，或到品妍家比較好照顧？話還沒說完，二位舅媽插話：「我們家沒空房間。」拒絕得斬釘截鐵，她無法猜測外婆心情，卻讀得出外婆落寞神情。

好幾年來，品妍母親三番兩次懇請外婆搬來同住，外婆總說住得好好的搬家反而麻煩，縱使車程不近，母親仍兩、三天就去外婆家探視，因為她曉得養比生大，其餘的沒多想。

新冠疫情爆發那年，有段日子全臺幾乎封城。母親接到外婆電話，虛弱地說感冒多天未好轉，沒力氣做任何事，問母親能否去幫忙快篩，母親心急如焚抓起外套、鑰匙，連睡衣都沒換就衝出門找外婆。

快篩結果陰性，品妍母親還是帶外婆到醫院看診醫治感冒，想不到醫生說病拖太久，外婆得緊急住院。

住院期間，母親找機會問為何舅舅、舅媽沒帶外婆看醫生？舅舅們和外婆住同區，再忙也應有時間。外婆嘆口長氣：「大媳婦嫌醫院髒，家裡有小孩不要去。」強忍不適多天，無計可施才打給品妍母親求助。

外婆住院比預想中久。品妍和母親常忙完到醫院照顧，以為舅舅們和母親會輪流照顧，可家庭群組內舅舅說舅媽確診，要照顧舅媽分身乏術。品妍既生氣又失望，她才在社群上看他們外出遊玩照片，她對這些長輩失望透頂。

一天天過去，外婆病情惡化，母親本是忙完到醫院照料，調整成整天在醫院不敢離開，就怕萬一。而兩位舅舅貫徹始終，在群組委託母親口頭轉達，他們多擔心外婆。

一天，母親懷著忐忑的心轉達舅舅的話：「媽，阿兄說，出院後無法照顧妳，如果到安養院住，好不好？」轉達完，母親再次懇請外婆到品妍家同住，空氣凝結一晌，外婆繫著虛弱聲線同意去住安養院，母親好難過沒能說服外婆。

沒想到隔天，外婆就在睡夢中安詳離世了。品好認為，如果她是外婆也會心寒到失去生存意志。

母親受傳統教養，男尊女卑，長子尤其重要，外婆家中供奉著外公和祖先牌位，看得出對供奉牌位的重視；處理外婆後事過程，兩位舅舅在靈堂上提出拒絕在家中供奉牌位，要供奉由品妍家供奉。這對傳統的母親來說是莫大衝擊，傷心欲絕。

品妍至今無法釋懷，封鎖兩個家庭所有親戚聯繫方式，不再與他們聯繫。她氣外婆把一生留下的財產全給兒子，卻沒有人要在初一、十五、忌日時燒香跟自己母親說話；她氣長期以來母親盡全力付出，最後仍被當外人，甚至不知道外婆嚥下最後一口氣前，有無把母親視為己出。

身為女兒，品妍對舅舅帶著恨意，為媽媽抱不平是人之常情。想撫平這種情緒，可以先想想憤怒的情緒從何而來？

若是認為好處全被舅舅拿去，在外婆最需要幫助時踢皮球，那麼可以站在媽媽立場想，為何媽媽不在意好處，反而親力親為照料病榻的外婆，為何身為當事人卻沒跳出來表示這一切不公平？

別因為想不通的事失望到底，別替在乎的人設想公不公平，你是最懂你的人，她絕對也是最懂自己的人。

或許對媽媽而言，不在意房子被回收，頻頻邀請外婆住到自己家，是源自養育之恩早大過所謂利益；又或者媽媽的觀念裡，凡事夠用即可，其他的實在不大重要，不需要的、本來不屬於她的，她原本就沒想要接受的念頭，接受對她來說可能才是壓力的來源。

有沒有血緣，跟有沒有用心養育是兩件事，她「甘願做歡喜受」肯定有自己的原因，心中的立場未必需要說出口解釋，只有本人能理解，再親近的旁人都不一定能完全懂得。

品妍媽所做的一切不是沒來由，正因連親生血緣都形同棄之不顧，避不見面，媽媽放不下無依老母親，為其疲於奔命，有沒有可能是從前，確實在外婆身上得到關愛，儘管年歲過去、人事已非，如今依然想盡孝道付出心力？

並非所有的原因都有對等理由，放心中的往往最不可被取代。

其實人心中的那把尺，時不時會替我們評估，接下來的抉擇是否值得，品妍媽不計得失辛苦盡孝道，身為子女雖心疼，卻可以成為媽媽的鼓勵，給予最溫暖、最堅固的支持。你也曉得，自己深愛著母親，媽媽何嘗不是與你擁有同樣質量的愛。

人成長到某種階段會人間清醒，知道不是所有過程都要完整才算圓滿，在過程中獲得的缺憾，同樣是帶給我們勇氣、成長、通人情的原因。

我們可以嘗試理解，沒表示的未必不重視，沒說出口的不一定不在意。

人總是愈活愈明白，生命本身就是帶著缺口過日子，縱使對結果無法欣然接受，換個邏輯思考、站在不同角色看待事件，心中會舒坦許多。

療傷過程是場長期抗戰，哀傷是不能被節制的，悲傷的出現是提醒你好好活著，再次誠實地面對生命。

一次次的練習紀念，
謝謝他曾出現在你的生命，
就是最好的道別。

樹洞裡這封沉痛的信，是嘉琪這輩子最絕望的傷痛。嘉琪在獨處時常思念起丈夫，回想他的溫柔和體貼，回想丈夫種種的好；他們的婚姻剛滿七年，有一個剛上幼兒園的可愛兒子，眼前這一切已是嘉琪的一輩子。

她和丈夫的日子簡單幸福，他們相愛的默契，難以用言語形容，每段回憶對嘉琪而言，都是無可取代的溫暖。她常想，光是丈夫的存在，就足夠成為她生命極大的意義，有丈夫在的地方就是幸福。然而，這幸福的生活，在一個寧靜日子裡突然破碎，留下一顆傷心的心。

難以忘記命運降臨的那天。嘉琪在半年前發現丈夫常顯得疲憊不堪，總是感到身體不適，在回家後立刻昏睡，呼喚很久才能醒來，看起來丈夫是耗盡了力氣，她憂心忡忡。

有天，丈夫下夜班回到家後，忽然感到劇烈的不適，他的身體痛苦至極，連外出服都沒換，嘉琪就急忙將他送往醫院，但丈夫在急診室裡痛苦地應聲倒下，緊急接受治療後，不到一個小時，他再次感受到劇烈不適昏厥過去，醫護人員奮力急救，最終依然無能為力，醫師宣告是心因性猝死。

嘉琪站在寒冷醫院裡，看著丈夫就此離世，她無法相信眼前的一切；醫生向她說明，說病情十分危急，無論多高明的醫術也無力挽救。其實，丈夫在上個月就察覺到身體異狀，已經到醫院進行檢查，但他沒等到檢查報告，就這麼離開了人世。

嘉琪的生活從此改變，失去摯愛的丈夫，熟悉的生活再也回不去，她不知如何適應，僅能試圖用信仰、兒子的成長來撫平她的傷痛，然而這份痛苦遲遲無法被安撫，她的心如同被一把利刃刺入，一刀又一刀深深地刺痛她的靈魂。

她變得常失眠，每天在回憶中度過，靜靜看著丈夫的照片，腦海浮現他們的相識，這些年來相處的日常片段和對話，等待情緒過後擦乾淚、在孩子的床邊坐著陪伴，告訴他關於父親的故事，盡量讓兒子了解那位他永遠無法再見的父親。

嘉琪的朋友們百般勸解，告訴她該如何面對這無法挽回的悲劇，但她明白，這份傷痛只有自己能體會，只有自己能承受，縱然事實如同一塊沉重的石頭，壓在她的胸口無法移開。

嘉琪說：「我知道要振作起來，但好難做到。」

上天留下了她，卻把她的世界奪走。

這份傷痛將永遠伴隨著她，成為她生命中無法抹去的痕跡，為了孩子她無法滯留原地，但這並不意味著她會忘記，也不代表她不再思念，她會在孤獨的夜晚中，默默地告訴丈夫，儘管走不出去也不必擔心她，她永遠愛著他。

面對最親的人逝去，療傷過程是場長期抗戰，哀傷是不能被節制的。有時候緣分像流星瞬間殞落，結束得太快，來不及準備就要面對失去；當嘉琪梳理出和丈夫間的情感、化成文字，她已是勇敢的那個人。

經歷家人的逝世是相當私人的，死亡的議題是難上加難，人們面對「失去」的想法也不會相同。許多人避談傷痛，認為要好起來就少提及、少想起，試圖要自己保持正面樂觀，但留下來的人，也正經歷著哀痛帶來的死亡。

愛，不會隨一個人的逝去而消失，儘管許多話來不及說出口，來不及道別是痛的，但他存在你生命的位置從未動過。別強迫自己放手，不用刻意地遺忘，不需要刪除曾經的快樂，更不要怕時間將回憶抹去，在你想起他時，就是在和他對話。

心中巨大匱乏牽繫著生活，情緒上來時哭著睡著、工作時腦海閃過曾經畫面、走路和吃飯時忽然鼻酸；**悲傷發生在何時都好，要是這能帶給你寬慰，就別抗拒它，靜靜地讓它自然發生**，不用否定自己的行為和感受。允許眼淚相伴，別跟情感拔河，它每次的出現，都是提醒你好好活著，再次誠實地面對生命。

不用刻意馬上振作起來，慢慢理解失去是生命的一部分，曾經的愛和力量不會因此消失，回憶得多深，代表他在你心中位置多重要。做什麼能短暫抽離痛苦，就盡情地去做吧！忙碌點也好，只做喜歡的事也好，把平時壓抑的自己解開，痛苦會在你認真過日子時，一點一滴減少。

縱然依舊會失落，縱然獨處時仍淚流，但在你想起時不再那麼痛，你將發現自己其實很堅強。一次次的練習紀念，謝謝自己如此在意他，謝謝他這麼、這麼地愛你，謝謝他曾出現在你的生命，這就是最好的道別了。

愈是親近的人，愈要參與他的生命過程。緊抓著你珍惜的人，告訴他不管怎樣都不會放棄。

做你重視的人生命中的安全帶，
減緩他受的衝擊，
告訴他你會一直在這。

樹洞信箱來了一封為女兒擔憂的信，放不下的工作、忙不完的家事，職業婦女敏萱的生活，總在時間中奔波。

黎明時不到六點就醒來，俐落梳洗將一切打理完，孩子的早餐、午餐，檢查書包有無遺漏物品，待準備就緒再喚醒睡夢中孩子，督促刷牙洗臉吃早飯，送到學校見她進校門才安心離去——這是敏萱日常的開端。

公司內事務多得很，要開發的、要聯繫的、該匯報的、該統整的全要敏萱費盡心思，儘管職場壓力大，上司情緒化難溝通，工作帶來的成就感稀薄，她不敢忽視任一環節，將自我感受不斷壓縮到真空，責任感膨脹成宇宙，累得難以言喻，卻堅定說服自己應付得來。

為了家計，她幾乎將重心全放在職場，七歲女兒在家時間由奶奶照顧。

不知何時開始，她察覺女兒行為開始異常，夢話頻率增多、起床後鬱鬱寡歡，似乎藏許多心事，喜歡的卡通不再有興趣觀看，早飯吃不下、午餐原封不動帶回家，情緒明顯低落，令敏萱擔憂不已。

她試圖關心女兒，可無論怎麼問話女兒總不願開口，身不由己只好先讓她獨自消化情緒，她相信女兒辦得到。

生活照舊，敏萱時刻提醒自己「孩子開心最重要」，不給壓力靜靜觀察，待女兒需要她時，再展開雙臂接住女兒。

相隔數日，女兒開心分享校園趣事，和同學合力完成的才藝表演受好評，見她滔滔不絕說出成就，照常上課、照常看電視卡通、照常吃飯有說有笑，使敏萱放心不少。

談話間，敏萱問起年前大掃除，是不是該將已過世近兩年的天竺鼠籠子丟掉，想送人也可以，且牧草和睡墊早已發霉，放房間裡佔空間有點氣味，年關將近不如順勢清理掉。

上一秒興高采烈的女兒忽然情緒爆發，嚎啕大哭久久不能自己，無論怎麼安撫都沒用，敏萱驚慌失措。她真心不懂小學二年級的女兒在哭什麼，更不懂自己是否和女兒開始出現誤會隔閡，是還在傷心天竺鼠死掉？還是想繼續養小寵物？可以明說，哭成這樣，媽媽也不知道是怎麼了呀！

不只如此，有天敏萱接到學校老師電話，說女兒用文具自傷，引起課堂上不小風波，基於安全考量先安置保健室照料。敏萱自責過去沒多陪伴女兒，希望替孩子排除萬難，為她安排心理諮商後，敏萱心力交瘁，不曉得自己還能為女兒做什麼。

有時大人和孩子相處，容易忽略將心比心，孩子並非對大人抗拒或隔閡，是尚未建立起對這世界的邏輯性，困惑卻難以表達出想法。

即便你已經足夠用心對待孩子，在孩子的觀點裡，他也摸索著你的用意，小寵物在他的觀點是陪伴者也是家人，不僅是生命體；正當你納悶為何一隻天竺鼠能糾結那麼久，或許他也正困惑，為何你對天竺鼠的逝去無關緊要？正在經歷失去的過程，就催促他理所當然地放下，對他而言難道不是粗暴的行為？

大人無法全然理解七歲孩子的行為或想法，這時可以回想自己的七歲時期，小學二年級正值「他律期」階段，對於世界的循環邏輯似懂非懂，小小的心，以為現在的擁有可以長達一輩子，然而要一個七歲小孩接受死亡，其實是艱難的課題，大人都未必能立刻釋然，何況孩子。

任何學習都有階段性，沒學完七歲的教材，就要他開始跳級讀十五歲的大綱，不能覺得他消化慢，反而要跟著他一起學習，陪著他體會失落的感受；愈是親近的人，愈要參與他的生命過程，情感連通後就能更理解他的世界。

受傷的心靈很破碎，孤獨一個人承受打擊，要意識到孩子耐受性相較大人來得更小，試著讀懂他的失落和憂愁，給予陪伴、跟著他的頻率修復心理，再次重建雙方緊密關係。再忙錄都要緊抓著你珍惜的人，告訴他不管怎樣都不會放棄。

走過生命坑坑疤疤的課題，一定要受幾次傷，沒察覺傷口的需求，就沒辦法澈底清理傷口，哪怕在別人眼中是小問題，但影響多深終究只有當事者說了算。

做你重視的人生命裡的安全帶，減緩他受的衝擊，分擔他的情緒，在喘不過氣時，找到能自在呼吸的空間，即便不能替他傷，代他苦，也要告訴他你會一直在這。

生命有時會透過失去來給予。體會過遺憾的人，更加明白擁有多麼可貴。

平凡本身就是幸福，
迷惘是因為還在成長。

婉琳將成長的轉變過程化作一封信，描述她對家人無從取代的愛。她曾是渴望獨立的少女，與家人關係一度緊張，因家人的期待，她在家庭裡、學業上倍感壓迫，日復一日被壓力籠罩，困窘不已。

她曉得父母對她的要求是為她好，不希望她將來錯過機會、長大懊悔沒多做努力；不過在趾高氣昂的忘形年齡，出發點再好都是情緒勒索，婉琳渴望逃離這個她視為束縛的家庭。

殷殷期盼到成年，婉琳毅然決然搬離給她壓力的家，儘管她曉得，高齡的爺爺正在醫院接受治療。離別前夕父母沉默不語，卻無法掩飾心中的不捨，試圖表達的眼神，一口口緩慢的早餐，在在透露出父母放不下的牽掛。

當時婉琳以為，一旦獨立就可以開啟自由自在的人生，卻在備考大學時，突如其來收到爺爺病危消息，趕到醫院已來不及與爺爺告別。

想起爺爺對她的好，曾勸勉著她好好長大、要活得有尊嚴，句句教誨腦中迴盪，婉琳懊悔在父母前崩潰痛哭，想不到自己沒辦法見到爺爺最後一面，父母見她難受跟著難過，他們曉得婉琳正承受難以言喻的打擊。

縱然悲痛面對家人離世，婉琳並沒有因此沮喪一蹶不振，以前她渴望脫離家庭獨立自主，為的是開啟自己嚮往的生活，然而經歷失去，她意識到自己的目標愈發清晰，她想讓家中父母、天上的爺爺以她為傲。

她深知生老病死是必經循環，衝刺階段遭逢親人逝世，或許是生命給她的啟示，激勵她憑一己之力幫助他人，於是婉琳將目標放在醫學院，她認為生而為人，除了珍惜擁有的情感，用自身所學幫助家人、心愛的人遠離常見疾病，投身醫護領域，成為她積極渴望的目標。

婉琳說自己資質不好，就要加倍用心，在課業上不間斷地努力，婉拒社交活動、娛樂行程，時刻提醒自己一定要考上醫學院。

最後她沒有辜負自己的期望，日以繼夜努力備考下，取得優異成績，最終進入醫學院就讀、完成了學業，並持續在醫療專業裡耕耘，自知選擇醫療這條路相對比較累，不過抱著使命感過著每一天，再累都是幸福的，因為她不孤獨，父母、爺爺依然是心靈後盾。

渴望獨立的叛逆期過後，了解到父母始終在身後默默支持，努力朝自己訂下的目標前進並實現了。這封信想傳達的不是困擾，而是提醒。

婉琳先前感受的不自由，其實是建立在缺乏對未來的重心和目標，然而生命有時會透過失去來給予，她確實失去了一位親愛的家人，卻因此獲得了志向，建立起自我目標和使命感，而那確實是她心之所向。生命藏著許多開關，人之所以迷惘，是因為尚未開啟尋找自我的開關。

就子女立場來看，未必要有遠大志向，但要清楚自已想怎麼走向未來，或許基於親子這層關係，對父母有先入為主觀念，擔心把心事說出口被潑冷水、被拒絕，可能會不被理解、不被支持而吝於表達自己情感，把想表達的吞下，將自己和父母的關係愈拉愈遠。

對子女而言是如此，對父母來說也是如此，**你正學習著怎麼在叛逆期成為子女，他們在子女叛逆期學習怎麼成為父母**，雙方都在摸索適當的溝通方式，雙方都曉得自己在對方心中是重要的，只是缺乏適度的交流。

在叛逆、探索自我的階段，因現況而感到壓迫和徬徨再正常不過，對家人的期待而壓迫，對未來產生疑惑和不確定，對穩定生活產生不滿，全是我們提不起生活熱情的原因。然而當人經歷過深刻的事，會意識到平凡本身就是幸福，迷惘是因為還在成長，家人的關切是來自他們的經驗。體會過遺憾的人，更加明白擁有多麼可貴。

我們認知到的情感框架，身處其中它確實是束縛，是阻礙行動般的存在，就跟雨傘一樣，在需要時它是你的幫助，不需要時它的存在容易忽略，甚至認為多餘；**許多情感看似壓力，但本意只是希望你能得到保護，在需要時有個安身休息之處，在獨立到累的時候，可以成為你的堡壘。**

人在各種階段都會迎來轉換期，在意的角度雖變了，出發的好意卻未曾改變。若你正面對親情的壓力、未來的焦慮時，要明白關心你的人從來沒消失，找不到相處的方式不要緊，當你認為時機到了，懂得如何適當、完整地表達出來，他們依然在原來的地方等你，因為他們始終在乎。

你要和自己處一輩子，沒辦法跳脫關係的迴圈，至少要拯救被消磨殆盡的意志。

並非每種血緣都有愛，
你的存在不是彌補前人的缺憾。

即使我們已成大人，有時仍會因家庭而受束縛。寫這封信到樹洞的是怡亭，她是家中大姊，不婚族的她已過被催婚年齡，弟妹們結婚生子搬出去，她獨自照顧年邁硬朗的父母。

早期成長過程不好過，家中經濟不寬裕，重男輕女的觀念要求姊妹倆打工掙生活費，父母所賺僅供家用及胞弟精進的花費；怡亭大學時半工半讀，畢業後到處找機會；碰壁沒什麼，愈碰愈勇，心裡愈強大。

好不容易給怡亭闖出名堂，好多人想認識她拉攏關係。說實話，家人都以她為傲，連市場賣菜阿姨也對她熱情款待，說自己正用她研發的商品，早晚抹臉，年輕十歲，丈夫稱讚、客人踴躍；話說得浮誇矯情，但怡亭開心成就帶來的快樂。

可是，無形中她覺得自己像棵搖錢樹。母親察覺怡亭才能優異，賺錢速度快，於是放手花錢，何止如流水，簡直瀑布。

嘴甜業務一洗腦，先斬後奏、眼也不眨下訂新建案房子，以母親姿態命令怡亭不准退，一定要買下給年邁父母住，頻誇新建案多好，花園寬敞、物業保全齊全，回家即享受五星飯店管理細心招待；嫌棄現居房子老舊，隔音不好、管理散漫、鄰居素質差。說到底就是爛，遮風避雨二十年的房子被母親批得一文不值。

錯愕是錯愕，但秉持孝順的心，母親開心尤其重要，再怎樣都是拉拔怡亭成人的養育恩情，買就買，錢再賺就有。新房父母住，怡亭留在舊房子。

興許留兩老在新房，少了她悉心照顧，母親絆倒摔傷後，怡亭自責不已，她自認忙著工作疏於照顧，急忙聘了居家看護，將新家裝潢成適合長者的環境。

為讓兩老睡得舒適，採買軟硬適中的新床墊，擔憂他們腰痠背痛，添購新型按摩椅，怕母親打掃勞累，準備掃地機器人，傢俱電器滿好買滿；本想這樣母親會開心，沒想到母親仍嫌棄，說空間不大，買一堆家電壓縮居住空間。嫌棄歸嫌棄，用得倒是挺開心，成天坐在按摩椅上追陸劇。

這種態度不僅只對怡亭，有次連假，親戚約定聚餐，母親私下將怡亭的表弟、自家外甥呼來喚去、買東買西，搞得表弟大包小包赴約，狼狽得很，又擅自把購物視作禮物，收得理直氣壯，絲毫沒有要付錢的意思。

怡亭提醒母親，表弟畢竟是她的外甥，不要瞎使喚，買東西一定要給錢，表弟只是代買沒義務做這些，年輕人月薪不高，她眼裡的小錢，夠表弟用好幾天，何況是昂貴物品。然而，母親以沉默拒絕她的善意提醒。

怡亭無奈母親除了是情勒高手，更是冷暴力高手，責怪她冷落父母，說人老了沒用了、孩子理都不理好可憐，發脾氣說乾脆賣掉新房、搬回舊家，根本在整怡亭。

怡亭心生不滿，要她努力賺錢、出人頭地，又嫌她無暇陪伴，一週回去五天不夠多嗎？住新房難不成是她逼迫母親？一天到晚責怪威脅，有理說不清。

活到快五十歲，自大學畢業後拚了命賺錢，連感情都不談，光供奉雙親就佔據大半時間。說到底，她早沒了自由，至今還沒了自我，孤零零處在崩潰邊緣。

盡孝道並非榨乾自己、換取長輩的隨心所欲，你是人不是工具，是盡孝道，不是搖錢樹。孝順沒有準則，沒有什麼是應該的，這一切是出自你想報恩、體貼，於是善解人意、有求必應。

給出好意卻換來烏煙瘴氣，是否該開始思考，有沒有必要做到這地步？假若這件事超出能力範圍，就不要勉強。「能力範圍」不僅是經濟能力，也是你承受情緒負荷的能力；該重視的情緒，不是只有家人的情緒，也包括你自己的情緒。

不舒服、感覺被控制，為何不離開這樣的狀態？**離開並非一走了之，而是學會拒絕，拒絕你不自在的事情、捍衛自己的主張。**

說實話，家中不只有怡亭一個小孩，父母是三個小孩共同照顧，不該把責任全放在其中一個人身上，倘若付出開心，維持現狀沒壞處，但在付出的過程，總要問自己快不快樂、甘不甘願。你要和自己處一輩子，不能淨做違心的事。

一味順從他人意志，是很可怕的事。擅長讓你失望的人，怎麼會站在你的立場思考？

人們常忽略言語暴力的後遺症，認清你是個體，不是依附關係的嬰兒，只要你難過了，傷害就存在，要找回人生主控權；他用情感來勒索，你就用道理去回應，論什麼關係皆相同，不能將予取予求視作鞏固關係的軸心。

雖說不能選擇出生，但能選擇人生。不是每種血緣都有愛，**親情的本意是滋養生命，並非剝削自我，不管是誰，都沒人有資格糟蹋你**，沒辦法跳脫關係的迴圈，至少要疼惜自己，去拯救被消磨殆盡的意志，回到生機勃勃的生命軌道。

你辛苦的人生，已經生存得夠用力了，你沒欠一絲人情；若拿掉單方面的付出，對方仍重視你、為你著想，這才是愛。

積壓已久的事情是顆雪球，愈滾愈大，有天能壓垮整個世界。你有很多的不得已，但不能因此失去信念，要知道自己有辦法替人生做主，你的存在，不是用來彌補前人的缺憾，不該被困在過去，不必忍人所不能忍。

其實，我們都有選擇，清楚世上充斥著不公，但卻可以用自我意志去回敬，在你捍衛自己的過程，心裡就愈來愈強壯。

永遠提醒自己，要在無奈中學淡定、在失望中找勇氣；告別舊框架，就會帶來進步的事，繼續朝著期待的人生邁進。

縱使孤子過日，也要為自己的決定感到驕傲。

留下的人要想辦法站起來，
才有機會停止痛苦的循環。

寫信給樹洞的人，是被寂寞纏身的明儀。原本在髮廊工作，地點在鬧區，熟客不多過路客多，雖忙累但收入不錯。

從前老闆老說，明儀和他有革命情感，那間店搬遷數次，明儀皆留下，尚在店內上班時老闆曾說「就你不背叛我」，使她常思考「背叛」的定義，用在同事、她的身上合不合適？

內湖搬西門、西門搬劍潭、劍潭搬士林、士林搬南港。靠捷運，人潮多、抽成就多，她懂，可這搬法怪同事不忠？不合理。況且非她特別忠心，是換工作麻煩，能配合就一起搬罷了。撇除人情世故，明儀喜歡身為設計師的自己，論願景、論作品，心裡是一片自由，要不是意外來太快，她想一輩子做下去。

三十九歲那年，她人生極近灰暗，要忘真忘不掉。

有天，剛上班就接到母親焦急電話，父親外出摔倒重傷，治療後雖清醒但要在輪椅上過完此生，復健好不了。胞兄有家庭得養，頂多是拿出些許家用，沒法親自照料父親，明儀擔心母親獨自照顧不來，向老闆請辭後返鄉顧父母。為更好的照護，她選擇先不找工作，運用雙親社會補助過日，加哥哥的家用，省著點可生活就夠了。

照顧病患壓力龐大，日子相當累，縱使有明儀分擔照料，母親依然在明儀四十九歲那年腦中風倒下；兩次中風，第二次發現得晚，任何搶救都來不及；而父親在送走母親後短短幾個月，家中壽盡離世。

雙親接連離世，打擊相當大，明儀不想因此屈服命運，她想振作、把自己的生活拿回來。她清楚，重返設計師這條路，或許能找回心靈上的自由。

可現實不如想像中順利，在她向前公司聊過、表明處境下，前老闆非但沒給予支持，還說明儀脫軌好幾年、不諳時代流行，勸她死了這條心，建議她找輕鬆簡單的工作，別太勉強自己。世上何來輕鬆工作？她只是想找回自己原先的人生軌跡。

親友手足早在父母病老那刻遠離，家是租來的，沒雙親社會補助、沒錢生活，胞兄放話要她早點找到工作，金源資助僅供應半年。全職照護年邁父母十多年沒怨言，放棄工作又沒自己的家、重返職場處處碰壁，如今沒生存下去的意志和希望，成為五十歲老孤兒。

人常說要有希望，她懂不能低潮太久，知道要站起來，但在她需要幫忙時，沒人伸出手，也沒人伴她前行，覺得被狠狠拋棄。很寂寞，很難過，談「希望」對她來說，真的無比艱難。

愛是照亮前路的太陽，是黑暗中的燈塔。年少時父母放手讓兒女奔跑；中年時父母老去迷走，兒女甘願做歸途；即使一言難盡，仍願身體力行付出自己，回報曾收到的愛，握緊父母的手，成為父母的家——明儀是這麼回應親情的。

照顧者的心情，沒人能真切理解，縱使曾是照顧者，受照顧對象不同，心境是天差地遠。一個人決意成為照顧者那刻起，他的「存在」就是偉大。

明儀放下手中梳子剪刀，捲袖打理父母起居，收起綻放的自己，放棄事業返鄉照顧父母，何嘗不是一種知天命，以氣力完成孝心？親情是用來擴張生命的，在明儀抉擇時，她的生命就被擴張了，跨過她曾設下的檻，抵達未曾想過的地方。

人在人情在，人走茶就涼，這是不變道理。我們難免對逝去的關係心冷，執著是否哪出錯、哪得罪，忽略了人終究是利益生物，沒人對或錯，沒必要怨恨，只要確保自己盡力、問心無愧就足夠了。

生命這趟列車，有的人只能陪你一程，到站後頭不回、人不留。怪不得誰，只能想成各自目的地不同，有些人註定是活在過去，沒辦法陪你往前。失去了就要適應、放下，看清了就不要繼續在意，傷心又佔思緒。**變質的人事物離開，就視作除舊佈新，辛苦是辛苦，卻表示多出空間、可裝入更適合的，心裡也乾淨寬敞了。**

變故襲來，你收起羽翼落地陪伴；任務結束後，必然是重新展翅飛往心之所向。人可以暫時不衝刺，但不能停在原地等退化；歲月的殘酷不可逆，送走長輩後，留下的人要想辦法站起來，拉自己回到軌道上，才有機會停止痛苦的循環。

活著的意義，不僅是將責任圓滿，也要感受滿足、快樂、美滿，承擔憂傷、孤獨、不安。想走的路不通，停在高牆前是耗時間，與其被迫停下，不如思考怎麼改道，向前走不行，能不能迴轉走其他條路？

生存向來不易，要找到關心自己的方式，儘管現實殘酷又痛苦，記得你是獨立個體，已經很努力地做該做的事、完成了必須完成的任務，就允許拔除心裡的刺；有跨出舒適圈的決心，就有再創人際圈的能力。

好好處理心上的創傷，去創造嶄新的生存方式，如你替人著想般地替自己著想。不要覺得失落悲傷，未來各種可能正等著你開發，曾經失去一份藍圖就重新繪製，想出現在什麼位置就往哪裡靠近，重新開始，永遠不會太晚。

縱使孤子過日，仍能探究生命其中意義，再次解讀生命給你什麼世界，去理解自己要的到底是什麼，**接著記得，要為自己的決定感到驕傲。**

生存向來不易，

要找到關心自己的方式；

好好處理心上的創傷，

去創造嶄新的生存方式。

時空有距離，想念沒有。日子很不容易，慶幸你選擇勇敢。

這趟生命有起點就有終點，
先離場的人，是先去終點等你。

樹洞裡，湘慈簡短的信充滿莫大的思念。她和胞弟情感緊密，縱使生活在喧囂都市中，依然為自己、家庭、家人們樂觀看世界。

弟弟是名工程師，給他一杯咖啡就能變出全世界。他曾用自己專長，替社區設計軟體，登記戶籍資料後，可收發信件包裹、即時回報社區動態、刊登內部廣告，連預約餐廳、衣物乾洗、美髮沙龍都辦得到，替許多人製造生活的便利。熱情到自體發光，人見人愛。

姊弟倆不同住、有各自的家庭，會約好日期回老家，當他們聚在一塊，臉上洋溢著無盡快樂和滿足感。而壓力如山崩時，他們會相約燒烤店，不帶家人就兩個人，邊吃邊聽對方牢騷，把煩惱烤熟吃下肚、敲杯飲下快樂泡沫，訴完了苦、吐完心事，又是煥然一新的兩人，像嬰兒般乾淨愉悅。

然而命運對他們開了殘酷玩笑，弟弟的健康每況愈下，三天兩頭咳嗽、既沒運動也不緊張，卻呼吸急促、肩膀和背反覆疼痛，以為是吸菸和壓力過大造成，於是戒菸、勤運動、減少工作量、停止熬夜。

在他改變生活後，那些病徵沒多大改變，隨之而來是食慾不振、身體虛弱、起床沒多久就滿身疲倦。姊弟倆察覺非比尋常，立刻就醫檢查，結果不理想，被醫師宣告肺癌三期。

湘慈要求弟弟擱下工作、積極治療，而弟弟全心投入治療一度好轉，身體稍有力氣。原認為按部就班治療能戰勝病魔，還安排兩家人的國內旅遊，把沒去過的景點走過一輪，萬萬沒想到，聽從醫囑治療，癌細胞仍轉移到骨頭，對抗不到半年弟弟還是走了。這個結局何止心碎，根本把心劫走。

這是弟弟走後第二年，湘慈從沒成功地習慣沒他的日子，永隔後很多地方不再去，開始茹素、戒酒，因為擔心吃一吃哭起來嚇到旁人、深怕酒後思念加倍；可無論怎麼清空生活，夜深時總被迫想起窩心的弟弟。她好痛苦。

湘慈無意間發現可以透過寫信傳遞思念，哪怕沒回應，她依然將滿溢的情感釋出，她不想再哭了，當作宣洩情緒也好。信中她對弟弟說的這段話很短，閱讀時卻重重落在心上。

在天上的你，過得好嗎？

我想念你和媽媽了。蠻羨慕你，可以自己擁有媽媽的愛，陪伴在她的身邊。

沒有你的日子真的很不習慣，一輩子的手足，永遠的手足。

離開兩年，偶爾想起來還是難受到想逃避，有時看到很像你的背影，總會忍不住多看一眼，腦袋忽然閃過你曾說的夢想，是說不盡的心酸。

兩年了，我心依然痛著。

如果你還在，或許有時會被你氣得牙癢癢的、如果你還在，或許我會有吃不完的榴槤、如果你還在，或許回娘家時就有好吃的食物等著我、如果你還在，我的心或許就不再痛了。

要是有下輩子，換我當妹妹，你當我哥哥好嗎？

讓我有任性吵鬧的機會，好嗎？

想你了。

時空有距離，想念沒有。

縱使生命有盡頭，但曾經的情感不會離散，只要心中還有對方，想念會一直在身上，直到再相聚為止；想念是冰塊，堅硬卻滋潤、想念是糧食，給予繼續活著的力氣。這次分開是暫時的，生命下個路口仍會再相見。

別怕陷入回憶，一段回憶是一次感謝，就算未來是荊棘險路，依然要抱著感念走下去；想起逝去的人，試著相信他就在身邊陪著你，度過沮喪不堪，創造新的喜悅，重要時刻他不會缺席，是換了型態一起生活，依然在同片天空下守護彼此。

這趟生命有起點就有終點，先離場的人不是離開你，是先去終點等你。

多去體驗這世界的精彩，多去感受人生的課題，沒低落怎知美滿的意義，沒風雨怎懂晴朗的可貴。寂寞時候想想天真的過去，像年少時沒有明天般地過，不要過度關注傷口，讓它隨時間結痂，隨日子長成疤，去理解疤痕雖跟著一輩子，但不會影響生活。

生命向來不是溫順討喜的，我們會迷惘、會傷到站不起來，要曉得這不是誰的錯，是剛好用盡了全力，出現暫時沒辦法面對的課題罷了；別急著否定情緒帶來的念頭，要緊緊擁抱誕生的各種情緒。

日子很不容易，慶幸你選擇勇敢，好好的面對生命這回事；將空白處填上自己的色彩，一點一滴慢慢來，用感受說故事，用光亮趕走黑暗，在數不盡的日子裡探尋接下來生活的意義。

愛，可以穿越時間直到永恆。每段感受都有存在的理由，紀念是我們唯一能做的，因為你們之間有愛，即使過了許久，無意間想起心頭還是緊縮，但請你明白這是因為你們真的很愛、很愛對方，也要明白自己還有機會感受生命中的幸福。

愛不會停止，你們永遠是一起的。

用感受說故事，

用光亮趕走黑暗，

在數不盡的日子裡

探尋接下來生活的意義。

後記

這本書誕生的過程很微妙，緣由為發行第二本書後，陸續收到網友的親身故事，如工作的受挫、事業的失敗、婚姻的絕望、愛情的憂傷、自我的逃避……等等。

起初很意外網友將切身之痛，分享給素昧平生的陌生人，而我這陌生人竟開始聊起感情觀，在愛裡受傷的靈魂，用各自的經驗替對方療傷，著實有趣；這則故事收錄在《終於願意善待自己的人》裡，住進男友家、被其母親挑剔的來訊，即是本書的開端。

由於那次經驗，我開始在社群上寫鼓勵人的短句短文，一方面希望給她支持，一方面是寫的過程裡，我曾經的傷痛似乎也得到了撫慰，撫慰的定義不是忘記當初有多痛，而是已經能看淡傷痛，想起來不那麼難受。

會以他人故事延伸鼓勵讀者，是因為人向來對他人慷慨，對自己吝嗇，當我們耽溺在「失去」裡，往往會忽略「擁有」的存在，創作之於我是隨時警惕在心，別老是看失去了什麼，別忘了自己擁有很多，失意時看看過去寫了哪些話，用過去提醒現在：你依然有選擇的權利。

想藉由後記感謝傾訴故事的人，因為你們的相信，將深處的難過與我分享，才誕生了這本書；若那片迷霧尚未散去，請別因難過而責怪自己，要穩住腳下每一步，試著安定情緒，謝謝重整思緒的自己，沒有因絕望而放棄。

同時謝謝自己沒關閉靈感、停下創作，以創作繼續和世界對話，對我而言沒有人是天生樂觀，全因絕望後重生，成長為現在的模樣，既然如此就好好地面對現實，誠實地面對自己。

看完本書，或許你會審視自己的過去、衡量現在的自己。無論你過得如何，記得順暢時慢慢地走，多看看身邊的風景、複雜時不要掙扎，多冷靜想想還能怎麼做。你是世上最懂自己的人，你一直都知道接下來該往哪裡走，別壓抑內在的想法，多信任自己的直覺。

生命中載浮載沉的我們，或許曾一頭熱想找出滿意的答案，但生命裡許多課題沒答案，一旦你遭遇匱乏的事，卻沒為過去的決定懊悔，那麼你經歷的一切不管是好是壞，就沒白白浪費，你已經是願意善待自己的人。
但願我們不追求完美，只求活得完整。

城旭遠作品集 01

終於願意善待自己的人

45 則卡關的人生故事和治癒回應，讓每一段低潮苦悶的訴說，
成為完整自我的開端

作　　者：城旭遠
責任編輯：賴秉薇
封面設計：白日設計
內文設計、排版：王氏研創藝術有限公司
協力廠商：光意娛樂有限公司

總 編 輯：林麗文
主　　編：高佩琳、賴秉薇、蕭歆儀、林宥彤
行銷總監：祝子慧
行銷企畫：林彥伶

出　　版：幸福文化／遠足文化事業股份有限公司
地　　址：231 新北市新店區民權路 108-3 號 8 樓
網　　址：https://www.facebook.com/happinessbookrep/
電　　話：（02）2218-1417
傳　　真：（02）2218-8057
發　　行：遠足文化事業股份有限公司
（讀書共和國出版集團）
地　　址：231 新北市新店區民權路 108-2 號 9 樓
電　　話：（02）2218-1417
傳　　真：（02）2218-8057
電　　郵：service@bookrep.com.tw
郵撥帳號：19504465
客服電話：0800-221-029
網　　址：www.bookrep.com.tw

法律顧問：華洋法律事務所　蘇文生律師
印　　刷：中原造像股份有限公司
電　　話：（02）2226-9120

初版一刷：2024 年 5 月
定　　價：400 元

終於願意善待自己的人：45 則卡關的人生故事和治癒回應，讓每一段低潮苦悶的訴說，成為完整自我的開端 / 城旭遠著 . -- 初版 . -- 新北市 : 幸福文化出版 : 遠足文化事業股份有限公司發行 , 2024.05
面；　公分
ISBN 978-626-7427-37-8(平裝)

863.55　　113003064

讀者回函卡

感謝您購買本公司出版的書籍，您的建議就是幸福文化前進的原動力。請撥冗填寫此卡，我們將不定期提供您最新的出版訊息與優惠活動。您的支持與鼓勵，將使我們更加努力製作出更好的作品。

讀者資料

●姓名：＿＿＿＿＿＿ ● 性別：□男　□女　●出生年月日：民國＿＿年＿＿月＿＿日

●E-mail：＿＿＿＿＿＿＿＿＿＿＿＿

●地址：□□□□□ ＿＿＿＿＿＿＿＿＿＿＿＿

●電話：＿＿＿＿＿＿ 手機：＿＿＿＿＿＿ 傳真：＿＿＿＿＿＿

●職業：□學生　□生產、製造　□金融、商業　□傳播、廣告
□軍人、公務　□教育、文化　□旅遊、運輸　□醫療、保健
□仲介、服務　□自由、家管　□其他

購書資料

1. 您如何購買本書？□一般書店（　　縣市　　　書店）
□網路書店（　　　書店）　□量販店　□郵購　□其他
2. 您從何處知道本書？□一般書店　□網路書店（　　　　書店）　□量販店　□報紙□廣播　□電視　□朋友推薦　□其他
3. 您購買本書的原因？□喜歡作者　□對內容感興趣　□工作需要　□其他
4. 您對本書的評價：（請填代號 1. 非常滿意　2. 滿意　3. 尚可　4. 待改進）
□定價　□內容　□版面編排　□印刷　□整體評價
5. 您的閱讀習慣：□生活風格　□休閒旅遊　□健康醫療　□美容造型　□兩性
□文史哲　□藝術　□百科　□圖鑑　□其他
6. 您是否願意加入幸福文化 Facebook：□是　□否
7. 您最喜歡作者在本書中的哪一個單元：＿＿＿＿＿＿＿＿＿＿
8. 您對本書或本公司的建議：＿＿＿＿＿＿＿＿＿＿

請沿虛線剪下，黏貼好後，直接投入郵筒寄回

廣　告　回　信
臺灣北區郵政管理局登記證
第 1 4 4 3 7 號

請直接投郵，郵資由本公司負擔

23141
新北市新店區民權路 108-3 號 8 樓
遠足文化事業股份有限公司　收

終於願意善待自己的人

城旭遠——著

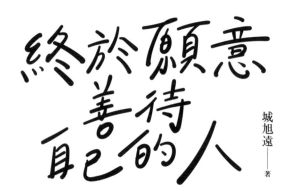